窗灯

〔日〕青山七惠 著
竺家荣 译

上海译文出版社

目录

窗灯

窗帘在晃动。

洒满日光灯的纯白光亮、横边稍长的窗。

一群男男女女的声音从那个房间的电视机里漏出来，融入夜晚的空气，飘进我的耳朵。那些人到底在笑什么呢？粗蕾丝纱帘对面，有一张隐约的侧脸。他不时地放声大笑。他一笑，我的嘴角也跟着稍稍放松。

湿润的风每次掀动窗帘，发梢就来撩眼睛，很碍事。夜风散发着干瘪的果子味。他又笑了，与电视里的无数笑声重合在了一起，这回我也笑出了声。转瞬间，他躺倒下去，忽地从窗框消失。看不到人影的房间里只剩下笑声和掌声还在持续。

我将摁住刘海的手向前伸出去，可是哪儿也触摸不到。

对面的人是差不多一个月前搬来的。之前，我即便光着身子在房间里走来走去，或阿姐带男人进隔壁房间再怎么颠鸾倒凤，都可以无所顾忌，因为在店楼上只住着我们俩。

这一带，奇奇怪怪的风俗店和小酒馆一家挨着一家，阿姐的店就在最边上。四周围是密密麻麻的廉价学生公寓，建筑物之间的间距很窄，入口和有窗的西墙，与相邻的公寓几乎只隔着一根长晾衣竿的距离。我的房间在店的二楼，刚住进来的时候，感觉和对面挨得太近了，不过习惯以后倒也无所谓了。

对面的二层楼公寓，上下各有三个房间。二层左边那间房住着一个中国人，估计是意识到了这边的视线，轻易不打开窗户和窗帘。不过，有时还是会听见他和一个女人用中国话吵架的声音。住右边那间的是我的大学同班同学，一个不起眼的男生。他虽然有时会打开窗户，往栏杆上晒被子，但蓝色的窗帘常年紧闭。尽管我们互相认识，却从来没有过视线碰上了就打打招呼这种事。

唯独正对着我房间的正中那间，在此之前一直没有人住。由于中国人和我老同学的房间一年到头拉着窗帘，而且没有窥视我们这边的迹象，于是乎，天稍热一点，我就经常大敞着窗户，只拉上一层纱帘，想穿什么就穿什么。

对面那人好像是六月底搬来的。那天是梅雨季节里不下雨的日子，我像往常一样身着旧 T 恤和热裤。听见对面传来吱吱呀呀开启木板套窗的刺耳声音，站在镜子前拔眉毛的我，条件反射地奔到窗边，哗啦一记拉上了厚厚的窗帘。从缝里往外瞧，发现对面的木板套窗打开了十厘米左右。“哎呀，真讨厌，这不就全被看见了吗?”我也没再多想，大白天的开了灯继续拔眉毛。

当天晚上，我向正在吧台里补妆的阿姐报告说：“对面那个房间好像有人搬来了。”

“哟，是吗。”她就只毫无兴趣似的嘟囔了一句。

我等了一会儿，又补了一句：“阿姐，依我看还是把窗帘拉上的好。”

阿姐神经质地瞪着眼睛往丰满的嘴唇上涂着口红。我盯着看，有一瞬间，和镜中的她对视了一眼。

“你去把桌子收拾一下。”

“就是二楼一直空着的那间。”

她盖上口红帽，眼睛还在端详着镜子里的自己。

“好像有人搬来啦。要是不拉窗帘，全得被人家看见喽。”

“真是啊。”

阿姐抿起双唇，用指尖抹了抹嘴角。

店里没有客人。看看表，已经过了十点，一般这个时候，会有几拨加完班的白领来吃简单的晚饭。今天只有靠窗边的四人餐桌上有几只空盘子和喝剩有咖啡的杯子。不经意瞧了一眼窗外，看见住对面一层的老太太穿着睡衣正在关木板套窗。抬眼往上看，发现新邻居的屋子亮着灯，窗好像开着，纱帘在晃荡。

开着灯居然只拉一层纱帘，真是完全不加防备啊。要是我的房间开了灯，他没准会悠着点吧。

我收拾了杯盘端到吧台，向补完妆在点收款机里的钱的阿姐汇报了新情况。阿姐又只说了句“哦，这样啊”，也没停下数钱的手。

洗完收拾下来的餐具，我坐到靠窗的桌子旁，望着对面那间屋子发呆。过了一会儿，突然，一个穿红色T恤的年轻男子掀开窗帘，出现在窗边。我吃了一惊，朝吧台转过身去。由于逆光，看不清他的脸。

“阿姐，果然是个男的。”

“是吗?”

“我刚才看见他了，他在窗口呢。”

阿姐从吧台探出身子，伸着脖子想瞧瞧他。

“那房间，根本看不见呀。”

“怎么?”

“从我这儿看不见哪。”阿姐这么嘀咕了一句，又接着数起钱来。

我回过头去再看那房间，他已经不在了。

“要是男的，那可得当心喽。绿藻可别再光着身子来回转悠了啊。”

听她的话音，倒像是在担心我，却感觉不到丝毫的好奇心。

阿姐似乎已经数完了钱，不知何时悠悠然衔起了烟。吧台里边的阿姐面露倦容，手支着脸，白烟缭绕着她。那双游移不定的黑眸子，仿佛无意中窥见了护身符的内容物似的，让人感觉非常的不应该。我在一段距离之外有些放肆地认真审视着阿姐。

“今天有人来吗?”

听我这么问，阿姐笑了笑，噗地长长吐出一口烟。

“今天没人来，过几天来。”

从那天开始，我不自觉地在意起了对面的他来，时不时地溜上那个房间几眼。可能是房里没有安空调，窗户总是大开着，只挂了一层纱帘。由于蕾丝网眼格外大的关系，从我的房间能模模糊糊看见屋子里头，至少能看出屋里的人穿没穿衣服。难道他就一点都没意识到这样会被人看见吗？我可做不到这么毫不戒备，尽管很不情愿，我还是坚持拉上之前一直被冷落在滑轨一头的厚窗帘。

看不清他的长相。透过纱帘只能模模糊糊瞧见他身体的轮廓，也判断不了他是在哭还是在笑之类的。我虽然并没有期待浪漫的隔窗之恋，可还是希望他是个美男子。

他搬来后过了几天，窗台上摆上了一小盆盆栽。据说能在房间里摆放绿色植物，就坏不到哪里去。我这人是最不会养植物的了，种的牵牛花和丝瓜是班上最先枯死的；春天心血来潮买的一盆小西红柿苗，还没到一个星期，也被我弄得可怜兮兮了。只要一想到植物和悉心照料它们的人，我就不由得感到畏缩。因为我不知道该怎么去爱它们。我觉得那些有心去爱这些不会说话的花花草草的人，一定是大方而从容的人，至少是要比我纯真的人。

又过了几天，恍惚听到愉快的笑声，撩开窗帘一看，不出所料，他的房间里来了一个年轻女子。一如往常，只挂着一层纱帘。是在做晚饭吧，能看见那女孩在屋里来回穿梭忙活。她穿着裙子，长发在脑后束成一束。哎呀呀，真行啊，女朋友来了还是这样。想归想，再看下去的话就显得太低级趣味了，于是我立刻离开了窗边。

她爽朗的笑声在出梅雨的夜晚显得格外的清晰。这时，又响起了走调的吉他声，我不禁笑了起来。

低头擦拭银勺的阿姐慢慢眨了眨眼睛，停下手，一脸慈爱地端详起那细柄上的雕花来。“御门姐。”我想要不出声地这样叫叫她。

“晚上，我从书店一出来吧，觉着自己就跟换了个人似的。”

阿姐突然冒出这么一句，然后举起银勺对着灯看了看，收进了抽屉。接着，她用嘴轻轻叼出一根细长的外国烟，拿手指遮着打火机的火；她的指甲剪得秃秃的。

“阿姐，你说什么哪?”

她缓缓呼出一口白烟，叫了我一声“小傻瓜”。阿姐的厚嘴唇上，桃红色口红脱落了一些。

“我说我每次从书店出来，都跟脱胎换骨了似的。”

“你买书了?”

“哪会在那儿买呢，没买。”

“丁零零”——铃声响了，三位大叔带着外面的热气进来了，阿姐娇媚地说着“欢迎光临”，迎了上去。她将吸了几口的烟塞给我，从冰箱里拿出银水壶，歪着脑袋往玻璃杯里倒冰水。

什么书都不买，还好意思说自己脱胎换骨呢。

我冲着她超短裙下面露出的淡粉色小腿肚嘟囔道。阿姐倚靠在吧台上听大叔们发牢骚，每次她快活地大笑，丰硕的臀部就要随着笑声颤动。

我觉得阿姐的身子真是没的说。比如，阿姐的长发已经快没烫花了，发梢东翘西翘。当她使劲向吧台外探出身子时，那柔软的发束常会擦到大叔们的手。于是，他们就一把揪住这绺头发逗弄阿姐。在我眼里，这些听着阿姐的低声尖叫而乐不可支的大叔，简直就像小学生一般幼稚、可怜。每当这时，阿姐必定会用钉跟鞋的鞋尖慢慢地戳着地板。吧台外面听不见这个有节奏的声音，只有我知道。最初发现的时候，我感觉脊背上直冒凉气，很不舒服。但下一个瞬间随之而来的，不知为什么，却是一种令人自豪的优越感。阿姐的客人肯定都有一定的社会地位，也有家室，也可能这些都没有，但无论如何，他们肯定都是认真工作的男人。而阿姐却让我在转瞬之间觉得这些肯定尝过不少艰辛的人是微不足道的存在，这样的阿姐让我引以为豪。到底阿姐是有意为之还是无意之举，此时此刻，似乎都无关紧要了。

我决定仔细观察、认真琢磨阿姐的一举一动。其结果，阿姐的一言一语、一颦一笑，都作为“女人”的楷模，每日每时一点一滴烙进我的脑海。并且，这些烙印和近乎盲目的羡慕混杂在一起，一直沉淀到我身体的深处。

我只抽了一口阿姐塞在我手里的香烟，便慢慢将烟熄灭在蓝色的玻璃烟灰缸里。我悄悄从店后门溜出去，站在颜色褪尽的深绿色旋梯下面大口呼吸了一下。无意中抓到的扶手老旧得粗糙不堪，一摸，扑簌簌往下掉红色的铁锈渣。我把手插进兜里，走到店旁边的小路上。最西头的公园小树林那边，橘红色的太阳眼看着沉了下去。白天的热气还积留在那里，闷热得令人窒息。

小路两旁的停车场上，阿姐为装饰而种的薄荷在热烘烘的风里无助地摇晃着叶子。我晃晃悠悠地过了小马路，埋下脸来闻了一会儿薄荷味后，顺手揪了把柔嫩的薄荷叶。路上一个人也没有。我觉得脑袋沉得不行，就把手按在额头上往回走，上了店里的楼梯。

一打开二楼我小房间的门，一股臭鸡蛋味扑鼻而来。灶台的一角，御门姐昨天晚上吃剩的煮鸡蛋已经发臭了。

白天一直门窗紧闭，所以屋里的空气比外面要浓要重。我憋着气，把揪来的薄荷叶一把撒到了水槽里，冲过厨房，直奔卧室去开窗。对面的窗户里传出吉他声。外面天还挺亮，屋里头暗，所以像往常一样，还是看不清纱帘里面。我猜想，那个女孩可能来了吧。

每逢店歇业的星期四，都由我给御门姐做晚饭。我稍稍收拾了一下房间，在床前的矮桌上摆好筷子，就去叫阿姐。我出了房门，去敲隔壁的房门，不见任何反应。走廊尽头的日光灯周围，有一群小飞虫飞来飞去。我又敲了一遍：“阿姐，饭好啦。”就听见门后面传来一声“来了”，阿姐探出了头。她只涂着口红，没有化妆。阿姐说了句“那就吃吧”，也不锁门，就来我房间了。

一进屋，阿姐就一屁股坐在桌前，抱怨着“热死了”。我递给她一听冰镇啤酒。

吃饭时没什么可聊了，我就试着又提起：“对面那个人，总是只挂一条纱帘，完全不在乎我们哪。”阿姐依然漠不关心地“嗯”了一声，继续哧溜哧溜吃着凉面。

“女朋友来了都能看见的。有时他们还光着身子呢。就好像是故意让人看似的。”

“你说他们光着身子，开着灯干吗?”

阿姐停下了筷子。

“不是，大概准备要洗澡吧。”

“大惊小怪。”

“……”

“这凉面挺好吃的。”

“你说他们是不是故意的?”

“不好说。”

“男人都不在乎这种事吗？还是想让人看他的裸体?”

“谁知道呢。”

阿姐一边嚼着，一边用手背抹去额头的汗。

“变态!”

“绿藻不是也在看他们吗，也是变态喽?”

“可是……因为能看见呀。”

我想嘲笑阿姐和对面那人的漫不经心，只是再继续这个话题的话，好像只有自己对这事津津乐道似的，我可不乐意阿姐这么看我，就决定闷头动筷子。

梅雨刚过，暑热逼人，屋子里快要冒蒸汽了。窗是开着，但窗帘紧闭，外面的风根本进不来。阿姐脑门上的细密汗珠反着光。公园小树林里聚集的鸟儿们的聒噪叫声传来，更增添了燠热感。

“吵死人的鸟。”我咕哝道。

“它们也得活呀。”阿姐说着，咕嘟一声，喝了一大口啤酒。

“真够热的，你这屋子。打开窗帘好不好?”

“对面的人该看见咱们了。”

“哦，我忘了。”

我把电风扇调到“强”挡，擦过汗的纸巾被吹飞到屋角旮旯去了。阿姐突然放下筷子，动作流畅地把盘子轻轻送到嘴边，把汤汁一股脑儿倒了进去。

“哎，放点音乐吧?”

她从床底下把我的旧 CD 录放机拽出来，插上了电源。屋里开始响起詹妮丝·乔普林①沙哑、粗犷的声音。

这张CD应该算是阿姐最年轻的情人送给她的。那男孩和这间店的气氛不大协调，他留着短发，眉目还算清秀，看起来和我差不多大。文学青年模样的他绷着脸递给她的这张CD，一天过去了，一周过去了，依旧放在收款台旁边，我实在看不下去，就默默地把它拿回了自己房间。

阿姐对这一来龙去脉丝毫没一点在乎的样子，惬意地抽起了餐后烟。听着詹妮丝鬼哭狼嚎般的热唱，我突然感觉食欲渐消，拿筷子戳着自己碗里还剩了一大半的凉面，偶尔挑起一根短的吸溜进嘴里。

阿姐说了句什么。

“什么?”

“今天晚上，有人来啊。”

“谁呀，水岛先生?”

这位水岛先生从大约半年前开始成了阿姐的情人。

---

① Janis Joplin（1943—1970），美国摇滚女歌手。

他是酒馆街杂居楼里一家小公司的总经理。他是个厚颜无耻的家伙，就连看我这个黄毛丫头的目光也是色迷迷的，净开些露骨的玩笑，所以我对他没什么好感。再加上个头又矮，黢黑的头发老是弄得异样的整齐溜光，光说外表，就和我的喜好差远了。

“绿藻不喜欢水岛吧，看得出来。”

“谁来呀？告诉我呀。”

“水岛呀。”

“是吗……拜托，别带他来我的房间啊。你到底看上他哪儿了呀?”

阿姐只是含混地笑了笑，随着音乐扭起身子来。

阿姐的情人不止水岛先生一个。我知道名字的还有三个，假如加上不知道名字的，把那个文学青年也算在内的话，差不多有十个人。总而言之，这十个左右的人，常常轮着班地到阿姐的房间来，待上一晚上。早上，隔壁的我还在睡梦中，他们就悄悄回去了。有时候，他们会一直在店里待到打烊，然后跟着阿姐上楼来；也有人会半夜三更突然敲门要来跟阿姐相会。这些男人无一例外地成为阿姐的裙下忠臣，他们盯着阿姐时的那表情，看着就觉得滑稽。

要说阿姐，恐怕算不上那种出众的美人。尽管如此，那些对什么人和事感到疲倦的人们，却给这个昏暗小店里的女人的一举一动赋予了某种奇特的神秘性，并为之神魂颠倒。我是这样看的。阿姐平常不过就是一边手边随便干着点什么，一边制作饮料，适时地笑一笑，时不时说几句莫名其妙的话而已。然后，高兴的话就带个人上楼去，没心情的时候就独自睡，或找我聊聊天。

阿姐甚至可谓满不在乎的宽容，无时无刻不成为人们感兴趣和羡慕的对象。看得出，阿姐对待每一个人都极其诚实、洒脱、平等，都会奉献自己当时当刻的全部柔情。不过，这也意味着她决不对某个人另眼相待。恐怕也包括我在内。这更使我对她的好奇心膨胀起来，连自己都觉得难为情。

以前阿姐喝醉后不回自己房间、就在我床上睡的时候，我特别想摸摸她那白嫩丰腴的胳膊，就用指尖轻轻地、当真很轻地抚摩一下她那柔软的肉。确认她不会醒之后，这回我索性张开手用力捏上一把。阿姐的胳膊浑圆、暄软，散发着似有若无的甜香。我看待她的角度肯定是和那些大叔相同的。这也无所谓。我对阿姐的了解肯定比他们要多。

阿姐回隔壁房间后，我到凉台上去吸烟。对面那间屋里，那个女孩今天好像也来了。他们要是刚开始交往，正处于发展阶段就好了。他们要是都还没有接吻和做爱，而且最初的那一瞬间要是能让我亲眼看到就好了。他们俩挨肩坐着，好像在看电视；电视机摆在我看不到的靠墙的地方。他们胸部以上的轮廓，隐约浮现在窗帘上。上啊！按倒她呀！我拼命地无声地鼓动着，然而对方根本接收不到。我都抽完四支烟了，他俩还在看电视，时而发出健全的笑声。这时，突然从走廊传来刺耳的、嘶哑的声音——

“绿藻小姐，礼物哟。”

水岛先生执拗地摇晃着门，无奈，我只好回屋给他开了门。不是说了别带他来我房间吗？门外站着满脸通红的水岛先生和脖颈挺得直直的御门姐，她一脸的凛然。

“绿藻小姐，礼物。”

发酵的洋葱味口臭和黏糊糊的发油味熏得我快要窒息了。我斜了阿姐一眼，她甩下一句“明儿见”，就回自己屋去了。水岛先生从高级皮包里取出一个垃圾袋似的黑塑料袋，猥琐地笑着把它塞给了我。

“第一次的时候就用这个吧。”

这已经是他第四回带电转子来了，我再脸红就显得矫情了，于是说声“谢了”，关上了门。

这天夜里，忽然醒来，听见隔壁房间传来阿姐的高声娇喘，还伴有水岛先生像是死里逃生般的令人毛骨悚然的声音。我只想要听阿姐动人的声音，就把耳朵紧贴在墙上，闭上了眼睛。阿姐的声音越来越大，达到高潮，最后发出一声高亢清澈的尖叫，一切瞬时归于静寂，仿佛不曾发生任何事。我感觉自己的子宫猛地缩紧了。

白天就不用说了，深夜时分干完店里的活回到自己房间，望着对面还灯光亮堂堂的房间，在昏暗的凉台上抽上一支，已成了我每天必做的“功课”。这是我慢吞吞的一天之中，最具有清晰轮廓的、安抚心灵的一段时间。看着斜对面的老同学出来取晾晒的衣物时无意间看到我也装没看见的样子，听着从中国人的房间里传出的摔东西的响声以及女人歇斯底里的叫嚷，尽管已是夜半三更，也让我乐此不疲。

当我察觉自己内心有着此类好奇心、刺激感以及像廉价的娱乐节目性质的偷窥嗜好时，觉得恶心要吐，也觉得无聊之极。不过又觉得，绝对是与其陷入自我厌恶，不如切实地满足它的需求要来得轻松快活得多。既伤害不到任何人，也省去了感情的交流那套麻烦事。这就和看电视新闻一样。画面那边无论发生什么事，都不会给予我什么，我当然也不打算从那边获取什么。

对于纱帘背后的那个他，我的目光中充满了好奇。

完全陌生的他人在那里存在着，在没有我的地方照常过他的生活，原来这就是人的生活啊——我在满足好奇心的同时，也在冷眼注视着窗户里的一切。一发觉他要走近窗边掀窗帘时，我就立刻在凉台的阴影里蹲下来，屏住呼吸。

白天的街道，在火辣辣的太阳光下，就像压碎的镜子一样，看起来歪七扭八的。

从超市回来，一溜排二层楼卡巴莱西餐厅的狭窄马路上不见一个人影，街角盒饭店的狗热得懒洋洋地趴在空调室外机的阴影里。正头顶的太阳光，经那一带塑料招牌的强烈反射，穿透我的身体，灼焦着柏油路。我觉察到腋窝流出的汗滴落到双手提着的塑料袋上。为防脑门上渗出的汗珠滚进眼睛里，我一路垂着眼睫毛。好容易走到店门外，我把塑料袋往脚边一放，用手背抹掉了脸上的汗，然后用后背拱开店门。随着“丁零零”的铃响，凉爽的空气立刻包裹了全身。

“回来啦。”

“绿藻小姐，回来啦。”

阿姐把好几只小玻璃瓶摆放在铺满冰块的一只碟子上，正往里面分别倒胶糖蜜。在她对面站着的老先生是一位自称画家的老熟客。

“葡萄汁买了吗？”

阿姐看了一眼我提着的大塑料袋，问道。我没搭腔，穿过客席进了吧台里面的厨房，打开冰箱，使劲吸了一大口扑出来的冷风。再吐出来的就是热气了。

“绿藻。”

我正在放买来的蔬菜和果汁，就听见阿姐从隔断厨房和吧台的门帘那边叫我。

“干吗？”我敞着冰箱门应道。

“你先来陪陪小宫山先生。我得去打个电话。”

我掀开门帘，朝画家小宫山先生瞟了一眼，他有点不好意思地低下了头。

“知道了。”

“你刚进门，抱歉啊。”

阿姐的神色显得有些急不可待，她罕见地红着脸冲我微微一笑，然后对小宫山先生说了句“我马上回来”，就抓过手机，急匆匆从后门出去了。她的背影，背着些许的不协调感，令人如鲠在喉。

“用店里的电话不就得了。”

我半是自言自语地嘀咕道。小宫山先生脸上露出掌握秘密的人所特有的得意样。

“男人呗。”他说。

“什么?”

“是打给男人的呗。”

我死盯着小宫山先生的脸。这个人，他应该只是一个纯粹的熟客，不是阿姐的情人。我没有听到过他从隔壁房间传出的声音，也不曾在楼梯上与他擦肩而过。不过，在我在这间店安顿下来以前，他老早就是阿姐的崇拜者了，每周必来店两次，每次都足足占用阿姐两个小时。在这两小时内，我必须招呼其他客人，因此鲜少和他单独说话。小宫山先生是一个矮墩墩、胖乎乎、面容和善的老头子，却又给人一种不太值得信赖的印象。他自称是画家，因此经常拿来一些亲笔画的照片给阿姐和我仔细讲解。他画的大多是风景画，偶尔也有年轻女子的肖像画之类，一点意思也没有。阿姐自然是从来没有恭维过一句，我倒有些过意不去，随口说些“哇，太棒了”、“这张不错啊”之类不过脑子的话。

“刚才来过一个电话。”小宫山先生的口吻蛮自信。

“噢。”

话虽这么说，一天下来，有多少男人给阿姐来电话，谁数得清啊。但是，能让阿姐特地到外面接电话的男人，可是一点也猜不出来。我面对着小宫山先生，若无其事地洗起水槽里堆着的杯子来。

“绿藻小姐，御门现在的情人是谁呀？”

我忍不住笑出来。小宫山先生也理应对阿姐的宽容是早就有所了解的了。

“那可就多啦。”

“可是，总有主要的家伙吧?”

“什么主要的……”

“就是经常来的主。”

“这个嘛，大概知道点。”

“其实，我就跟御门的亲爸差不多，告诉我吧。”

那样的话，你自己问不就得了。可我还是老老实实地告诉了他几个人名。一听到水岛先生的名字，他就夸张地大皱眉头。

“水岛！那家伙最不是东西！不就是个乡下来的暴发户吗？御门真是没品位。和那种家伙来往的话，御门可就糟蹋了。”

“说不定人家身上有着只有御门姐才懂的优点呢?”

我冷静地这样一说，就见他恨恨地从前胸口袋里掏出烟，大口大口抽了起来。后门咔嗒一响，阿姐小跑着回来了。

“小宫山先生，抱歉啦。”

阿姐的妆虽然掉了一些，但她的笑容具有消融一切的力量。

“是水岛吧?”小宫山先生稍显不高兴地诘问道。

“哎哟，您可真是的。”阿姐说着轻轻瞪了我一眼，我耸耸肩，拿起手边的杯子擦起来。

“那家伙可不行。”

“刚才的电话是别人来的呀。”

“不要撒谎。”

“是真的呀。”

“那么是谁?”

我站在阿姐旁边，半焦急半疑惑地听着二人的对话，猜想着这个老头子到底有什么权利监督阿姐。

“是老师。”

我吃了一惊，扭头去看阿姐的脸，小宫山先生也一样。

“什么老师，谁呀?”

阿姐轻描淡写地说：“大学时代的老师呀。”

她的嘴角微微翘起。我默默瞧着她的嘴。

“老师为什么来电话呢?”小宫山先生固执地追问。

“没什么特别的事啊。听说我开店了，正好到这附近来了，想顺便过来坐坐。”

“是吗……不过，和那个叫水岛的烂男人来往可不好哦。只有那家伙绝对不行。那种男人就像个金龟子似的……”

小宫山先生应该问的并不是水岛先生，而是“老师”。他说的话根本挨不上边，阿姐只是笑嘻嘻地听着。单单一个电话，就能使她避到店外去的“老师”到底是何方神圣呢？我静静地思索着。

小宫山先生的训话又持续了一会儿，突然，没有任何前兆地，门铃一响，发油味熏人的水岛先生不识趣地进来了。

“哎哟，您来啦。”

他瞪着阿姐那堪称完美的一视同仁的笑容和坐在她面前的老头子，然后，重重叹了口气，吃力地坐到了吧台最靠边的椅子上。这个不速之客的到来，打断了小宫山先生刚才一直滔滔不绝的宏论，他不再作声了，店里随之陷入了不自然的静寂。

“绿藻小姐，给我杯水。大叔渴极了。”

“好的。”

真讨厌。想归想，我还是给他端了一杯水过去。

“绿藻小姐，前几天给你的那个，用了吗？好用吧？”

我不知道怎么回答才好，就朝御门姐看，她依然是那副飘忽不定的招牌笑容，只顾温柔地微笑着。

“来杯冰奶吗？”

我冷淡地问道。水岛先生突然也冷淡地应了声“好”，就自暴自弃似的吸起烟来。这个人，今天晚上也会来吧。

我非常麻利地（在动作麻利这一点上，我比阿姐优秀多了）制作了饮料后，就离开了气氛微妙的吧台，坐到窗边的座位上翻看周刊杂志。

偶然抬头朝对面窗户一看，只见那条纱帘正挑逗般地飘动着。

那天晚上，在收款台点钱的阿姐像往常一样露出了倦态的美。我洗完最后要洗的，向她打了个招呼，就先回房间了。进入八月以来，空气越加沉闷了，总是盘踞在黑暗的房间里。我拿起烟，打开窗户，看见对面房间像往常一样亮着灯。她今天也来了。

每当女孩来的时候，我会把这边的灯一盏盏全关掉，一眼不眨地盯着对面瞧。我纯粹只是介意而已。我想起了“企图”这个词，有些兴奋起来。昨天晚上她也来了。

纱帘背面看不到的部分，我都用自己的想象来填补，所以有关她的事情，自认为是无所不知。她，把头发染成廉价的茶色，挑逗似的披在背上；总喜欢穿那种飘飘的裙子；每次都骑着粉红色的自行车来，自行车的车闸吱吱吵死人；满不在乎地放声大笑；抱腿坐着看电视。他弹吉他的时候，她坐在一旁托着腮，做出一副天真的样子引逗他。她坐榻榻米时手脚那笨拙而僵硬的动作，也不难想象。

我坐在凉台的小椅子上，像舔冰激凌那样抽着烟。她和他好像又在里面的房间做着什么。今天的晚饭？可喜可贺呀。这么被人家看，居然全然不知。我肚子也饿得很。我们在别人眼里是什么样子呢？若从高处俯瞰现在的我和这两个人，会是什么样子呢？刹那间，我觉得自己很可悲。回过神，烟头都快烧到手指头了。好烫。我恍惚觉得，有那么一瞬间，自己和纱帘对面正端着盘子的她对视上了。

"绿藻。"

阿姐不知什么时候进房里来了，叫着我的名字。我像漫画里的人物似的，嗖地一下从椅子上跳起来，阿姐微微一笑，说："这孩子。"

"怎么了？"

见阿姐返身去开灯，我赶紧跟进去拉上了厚厚的窗帘。

"你今天没在店里吃吧，晚饭？"

"嗯。"

“咱们出去吃点什么吧?”

“阿姐也没吃吗?”

“嗯。”

“水岛先生也来吗?”

“不来呀。怎么了?”

“是阿姐掏腰包吧。”

“哎哟，脸皮真厚呀。”

阿姐说是要补补妆，让我等她一下，就回隔壁去了。我关上房里的灯，再次打开窗帘时，那两人模糊的轮廓显得越来越遥远了。

“去吃炸虾，好不好?”

“好……”

“就吃炸虾。”刚走下楼梯，阿姐就这样断然说道。

“你怎么了……”

“想吃呗。”

“阿姐说好就好。”

你这孩子……阿姐没再说什么，一把抓住我的手。看阿姐白嫩的手，简直就是从来不洗碗洗衣服的有钱人家的少夫人。相比之下，我的手又黑又硬邦，整个一双在她这个富婆家干活的拖儿带女的女佣的手。我可怜起自己来，与此同时，不知为什么，和阿姐在一起的幸福感却有增无减。

十一点已过，小小的繁华街仍沉浸在寂寞的喧嚣中。有喝醉酒在路边哇哇呕吐的学生，有挽着浓妆艳抹的女人的、穿着考究的中年男人。既有穿超短裙的拉客的小姐，也有监视她们的戴金链的黑衣男人。我和阿姐一直拉着手走到常去的那家炸猪排店。

炸猪排店的老板一如既往地围着脏兮兮的围裙，一看见阿姐的脸，就冷淡地冲着一堆圆白菜丝说了声“您来啦”。明明喜欢阿姐，还装样。“老板，来两杯生啤、两份炸虾套餐。”阿姐一坐到吧台前，就干脆而媚劲十足地点了菜。端上来的啤酒有一种苦涩的药味，我喝完一口，一看阿姐的啤酒杯，只剩下不到一半了。

“阿姐，你怎么了?”

老板瞅了这边一眼。阿姐看着我，就像个珍藏着秘密的小女孩一样，哧哧地笑起来。

“你喝得也太快了吧?”

“太渴了呀。”

“那也……”

“多好喝呀。”

“也就一眨眼的工夫。”

“绿藻也放开喝呀。”

还没等我回答，阿姐三口就把剩下的啤酒喝光了。

“老板，再来一杯。”

老板一个眼神，瘦津津的打工学生把一只浮着泡沫的啤酒杯轻轻放到了吧台上。阿姐说声“谢了”，亲切地冲他微微一笑。

我和阿姐要的虾随随便便地裹了一层面衣，在金黄色的油锅里翻腾着。老板又开始切圆白菜丝了。我看着他那花白的头发无依无靠地趴在没有光泽的头皮上，不禁一阵惆怅。换气扇的嗡嗡声和闷热同时扭着钻进我耳朵深处，头都要发昏了。我目不转睛地望着盘子里的一堆圆白菜丝，听见了御门姐打了个气嗝后满足的轻叹。

“第一次和绿藻一起吃饭也是在这儿吧。”

“是吗？”

“绿藻来店的那天晚上，不是在这儿吃的炸虾吗？”

我想起来了。我在阿姐店里干活这件事定下来的那天晚上，阿姐在这里请我吃了炸虾套餐。那次阿姐也要了啤酒，畅快地咕嘟咕嘟喝了下去。我当时想，这个人是世界上最会喝啤酒的人了。

阿姐收留我，是在二月里格外暖和的一天。那段时间，我刚刚从一年都没去的大学退了学，为此和远在外地的父母起了摩擦，差点连住的地方都保不住了。虽然如此，我却没心思去做什么有建设性意义的事，每天睡到天擦黑才爬起来，然后到位于当时的公寓附近的御门姐店里去消磨时光。我埋头于阿加莎·克里斯蒂和埃勒里·奎因等人的连小孩都能看的文库本，书里的汉字极端的少，一直看到快打烊，什么周围大叔们的闲谈根本妨碍不到我。只是，每当听到御门姐娇媚的笑声，我就忍不住抬头往吧台那边看。一和她的目光对上，我就感到莫名的尴尬，赶紧低下视线。

我不否认御门姐是个漂亮的女人，但又总觉得她是一个会嘲讽人的人。我觉得她是个坏女人、讨女人嫌的女人、床上功夫出类拔萃的女人、翻脸不认人的女人、瞧不起我的蠢女人。

不过，我有一种感觉，要是一不留神和她四目对视，我这种没脑子的人定会彻头彻尾成为她的俘虏，所以我一直保持着警觉。

记得那天晚上，我瞥了一眼那些下了班的男人，照旧坐到靠窗的座位上看我的《罗杰·艾克罗伊德谋杀案》还是什么书。唉，总不能翻来覆去老看这种东西啊。真想去旧书店买些新的，可存款已经见了底，而给妈妈打电话要钱，光想想就浑身毛骨悚然。我就这么一边胡思乱想，一边拖拖拉拉往下看，渐渐地，意识彻底远去，趴在桌上睡着了。就那样睡了一会儿后，感觉肩头舒服地摇晃起来。下一个瞬间，意识到“坏了、完了”的那种感觉，就像是绝对不能迟到的考试当天早晨醒来时的那种感觉，让我猛地醒了过来。最先进入眼帘的是阿姐腰上系的仿珍珠细链。我抬头看阿姐时肯定都快哭出来了。

“抱歉啊，该关门了。”

阿姐第一次对我嫣然一笑。那一瞬间，我想我的脸是刷地红了。“对不起。”我说着把桌上的书收进包里，打算起身离开。店里除了我和阿姐外，没有别的人了。

“呀，你脸上……”阿姐瞧着我的脸，忍俊不禁。

“嗯……”

“是书的印子。”

我赶忙摸摸脸，原来是睡觉时压在下面的书的框框清晰地印在脸上了。

“喝点什么清醒一下再回去吧。”

“不了，住得离这儿不远，我走了。”

“你想不想在我这儿干哪?”

“什么?”

“最近一个女孩子辞工了，缺个人手。”

“你是问我吗?”

“你是学生?”

“不是。退学了。”

“那就更合适了。你现在什么也没干吧？还有一间屋子空着，就在这上面，你可以住在那儿。”

面对阿姐这一突然的提议，我着实不知该怎么回答。然而也没有拒绝的理由。五分钟后，我决定作为阿姐的帮手，在她店里打工。阿姐从店里面拿来房间的钥匙交给我。这把有点脏的别致的钥匙上，浅浅地刻着 civet 这五个字母。

“叫‘香猫’，这个店。你肚子饿不饿？去吃炸虾提提精神吧。”

我这时才知道了这间没有招牌的小店的名字。

从那以后已经过去半年了。现在，阿姐和那天一样，把老板隔着吧台递过来的大盘子首先放在我面前，我还没反应过来，她已经把一双筷子轻轻搁在盘子上了。

“你先吃吧。”

阿姐的脸已经红了。又不是特别能喝，却已经快喝完今天的第二杯了。

“阿姐，你喝得太多了。”

堆得冒尖的圆白菜丝上放着一大块新鲜出炉的黄褐色炸虾，我用筷子轻轻扎进去，露出了白色的断面。要是油炸阿姐的小腿肚，大概也是这个颜色。我闷头吃着，简直好吃极了。阿姐也一边慢悠悠地动着筷子，一边夹杂着叹息，喝着不知什么时候要的第三杯啤酒，一言不发。

饭后茶送上来了，我感到吃得特别舒服并多少有些犯困的同时，慢慢地喝着热焙茶。要是那时候我没有点头，阿姐会怎么办呢？会找来其他的女孩，请她吃炸虾吧。而我，依然会一天天地继续反复看我那些沾满手垢的文库本，直到翻烂为止吧。其实就连“御门”这个不可一世的名字①是不是她的真名，我都不知道。大家都这么叫她，我也就跟着这么叫。在一起待了半年了，我对阿姐的情况还一点也不了解。我装出一副对她的姓名、出身、以前和谁交往过等等，简直丝毫不感兴趣的样子，只顾喝着我的茶。

阿姐突然开口说："绿藻，老师要来呢。"

我一时根本弄不明白她在说什么。

"你说的老师，是谁呀？"

却见喝醉酒的阿姐目光炯炯地盯视着正前方吧台后面的暗银色商用冰箱，一言不发。

"你说的老师，是谁呀？"

我重复问了一遍。阿姐冷峻的侧脸忽地和缓下来。

"哦，"我忽然想起来了，"是白天打电话的那个人？"

"没错。"

---

① "御门"在日语里的意思是"宫门"。

“怎么回事啊？老师来店里干什么呀？”

阿姐直勾勾地瞅着我的脸说：“不告诉你。”

“为什么？”

“保密……”

“哼。”

我装出没什么兴趣的样子喝着茶，这似乎让阿姐觉得很无趣。阿姐脸红红的到外面去打电话时的那种不协调感，更加真切地回现在我眼前。

“我说，你这个人哪，你也太冷漠了。再听听人家说话呀。”

“可是阿姐你……”

“他说明天四点来。”

阿姐奇特的红眼睛里掠过一抹暗影，不过这抹暗影立刻消失在了接下来的话语和笑容里。

“所以明天呢，得一大早打扫卫生。绿藻，拜托啊。”

阿姐乐不可支地笑了。这是今天一天里她最豪爽、也最优雅的笑容了。可我却丝毫无法像她那样地笑。有一种遭到背叛的感觉。我真想说“那个人不会来的”，让她抹抹眼泪。那个什么“老师”，肯定和其他大叔没分别。和他们一样，来了又走，走了就不再来。看着傻瓜似的笑着的阿姐，正在切圆白菜的老板嘴边也稍稍有些放松了。

阿姐好像已经睡了。隔壁的凉台黑黑的，什么声音也没有。我像往常一样到凉台上去抽烟。已经一点多了。风是温热的，感觉很舒适。我抓住栏杆，沙粒般粗糙的铁触感冰凉，刺激着手掌心。

对面的房间已经关了灯。那个女孩走了没有呢？

对于因为“老师”而兴奋得像个中学生的阿姐，我心里升腾起一股骇人的冷冷的厌恶感，从炸猪排店出来以后，也依旧没能收拾起来，可我又不想耐下心来将它慢慢地消解掉。这不能不使我对据说明天要来的“老师”迅速产生了近乎焦躁的好奇心。这份好奇，与其说是出于对“老师”这个人，不如说是对看似不执著于任何人的阿姐和他的关系。难道说，我要为了这两个人，早早地爬起来擦窗吗？

我像侦查似的盯着对面黑黢黢的窗户看，结果一无所获。

我忽然冲动地想出去走走，便连窗户也没关，就趿拉上凉鞋，打开了门。毫无遮拦的风比在凉台上感觉的还要凉爽些。我深吸了一口气，在狭小的走廊上五步六步地来回踱起来。四周寂静无声。走近隔壁阿姐的房门前，我闭上眼睛把耳朵贴了上去。什么动静也听不到。酒馆街上的霓虹灯透进屋顶的缝隙，狡黠地闪烁着。

我走下旋梯，在附近转悠了一会儿。然后，我信步走上一栋公寓的楼梯，把耳朵轻轻贴到有光线漏出的一道道门上。隔着廉价公寓薄薄的门板，能听见年轻男女的声音、女人絮絮叨叨的低声细语，以及嘈杂的电视声音。连续几扇门内悄无声息之后，我就把耳朵贴在门上不动，想象起里面的人来。

在一家独门独院外面，透过篱笆能看见一个中年男人躺在沙发上看电视。他一直保持同一姿势，丝毫没有动一动的意思，只有电视画面在飞快地变换着。其他屋子都黑着灯。老半天也不见他动弹，我就放弃了他，去看别的窗户。

就这样，我看了一家又一家平淡无奇的生活，看了即使我不存在，也照样呼吸、照样平淡过活的一个又一个人。为了消除在御门姐脸上逐渐增大的老师的影子，我寻找了好几个新的影子。

往回走的时候，酒馆街上的霓虹灯已见稀疏。“香猫”沉睡了。与白天所见相比，它显得是在深沉地、严格地、几近冷淡地坚守着沉默。我靠在店门上，凝视着对面的公寓。没有一间屋子亮着灯了。吹了几声口哨，也不见任何反应。

我登上了他住的公寓的楼梯。一上楼梯的二〇一室，应该睡着我的老同学、那个大学生。什么也听不见。旁边的二〇二室，就是平常能看见的他的房间。我提心吊胆地伸出手，摸到冰凉的门，慢慢把耳朵贴了上去。一点声音也听不见。我屏气凝神地、十二万分小心地拧了一下门把手，只听得一记闷响，就拧不动了。我没有放开手。体温被触感廉价的把手一点点地吸走了。

寂静的路上，突然传来男人和女人的笑声。接着，楼梯口响起了自行车刹车的刺耳声音。

我飞快地跑到走廊角落里，将身子探出栏杆外。下面一片漆黑，看不清楚，但能闻见青草味。公寓只有一道通向院子的楼梯，而这时，从楼梯下面传来了两个人轻快的脚步声。我毅然翻过栏杆，扒着栏杆沿悬空跳了下去。一阵哗啦哗啦的找钥匙声过后，咔地轻轻一响，门开了。随后一切归于静寂。

我坐在地上，揉了一会儿摔疼的脚。

第二天，我九点下到店里时，阿姐穿着黑背心和布头似的短裤，正在擦椅子腿。

“阿姐，你这是什么打扮哪?”

阿姐额头上有好几颗细小的汗珠在闪闪发亮。

“打扫卫生啰。你起得太晚了。去擦窗!”

“比平时可来得早呀。”

阿姐一心只顾擦椅子，我也不能这么傻呆呆地站着，只好拿了水桶和抹布到外面去。一出门，我就怔住了：对面的楼梯下面停着那辆粉红色的自行车，怎么看都觉得像是停错了地方。

我瞪向他的窗户，窗户和平时丝毫没两样。这会儿，朝阳一定直照在屋里的两个人身上吧。

等回过神来，才发觉额头冒出了好多汗。水桶里晃荡的水那磨磨蹭蹭的感觉，也已经没有了。

“啊——”

我不知怎么发出了这样的声音。我放下水桶，双手插进凉凉的水里，又抬头去看他的窗户。

“喂，好好干活呀。”

御门姐绷着脸拉开门出来了。她绕到蹲着的我身后，“你给我站起来。”她说着用膝盖顶我的后背。阿姐那顶着我脊梁骨的圆圆的膝盖，并不像她的嘴那样责怪我，感觉挺舒服的。

“阿姐，再使点劲啊。”

她抓住我泡在桶里的两只手，使劲一拽。

“客人就该来了。”

阿姐将自己拿来的白抹布浸了一下水，使劲拧干，擦起窗来。我也捡起掉在水桶旁边的抹布，在水里哗啦哗啦涮了几下，也没怎么拧，就站在阿姐旁边跟着擦起窗来。

店里还没开灯，从外面看，昏暗的玻璃窗就像一面镜子，映照出我浮肿的脸和懈怠的上半身。我凑脸过去细瞧自己的眼睛。

“手别停。”

汗珠从一个劲擦窗的阿姐脸颊上，滴滴答答地淌了下来。

“阿姐。”

“干吗?”

“女人到男人家来，然后一直待到第二天早上，会干什么就不用说了吧?”

“说什么哪。”

“我不是说阿姐。”

“这个嘛，差不多吧。”

“是这么回事吧?”

“是啊。”

阿姐手没停，冲着映在窗上的我炫耀般地微微一笑。

“今天得打扮得漂亮点。”

“好的。”

“不是窗户，是打扮你自己啊。”

“为什么?”

我停下手，瞧着阿姐。从她那黑亮的发隙间，又滴落了一颗朝露般清莹的汗珠。

这天下午近五点，随着门铃声快步走进店来的、御门姐的老师给我的第一印象是——

这个人，就像一只螳螂。

老师精瘦精瘦的，细长个，蓄着少许灰白的胡须，戴着一副快要大出脸型的细边眼镜。他瞥都没瞥一眼杵在吧台一头的我，马上认出了从约好的四点开始就一直心神不定地摆弄墙上的花的御门姐，爽快地抬了抬右手，说："哎呀，迟到了，抱歉哪。"

"老师。"

御门姐笑吟吟地跑到老师面前，两人对视了一瞬间。这重逢的场面简直和白天播放的那些粗制滥造的电视剧一模一样。在窗边喝咖啡的两个大叔意味深长地相视一笑。

"老师，这边请。"

阿姐朝吧台方向轻轻推了一下老师的后背，老师不大习惯似的说着"啊，好，好"，从口袋里掏出手帕擦汗。这个动作与他中年男子的身份特别吻合，我感觉自己高涨的兴致刷地萎缩了。

"绿藻，给老师倒水。"

"好的。"

我端起水壶往浅茶色玻璃杯里倒水时，听见了老师坐到椅子上将包重重地放在地上的声音。我端水给他，他道声“谢谢”，就一口气喝干了。从上往下看，老师的灰白头发就像一只长毛老鼠。还有从领口露出的一小段脖颈，又细又光滑，不输阿姐。

“不好意思，再来一杯好吗?”

老师转身递给我杯子。

“好的。”

低头看见他伸出的腿下边是茶色的马球靴。这是我喜欢的那种鞋：有一点点显旧，溅上了斑斑泥点，里面的里面都潜藏着皮革的舒适质感。

我稍稍弯下腰，再一次打量起老师的全身。还算说得过去。送第二杯水过去时，老师面对着在吧台里准备饮料的阿姐，正用手帕往脖颈里送风。从侧面看，他那挺拔的鼻梁描画出一条优美的线条。阿姐一边往杯里倒开水，一边低垂着眼帘说：“鲜奶油。”

我把杯子轻轻放在老师手边后，再次打量起他的背影。我想要好好琢磨琢磨他和常来店里的那些大叔究竟哪里不一样。老师回过头来，我赶紧咧嘴微笑，他也微微翘了翘薄嘴唇，有些敷衍似的回我一笑。尽管如此，我还是从中感受到了一丝亲切。

我从厨房的冰箱里取出袋装鲜奶油，顺便吸了一腔扑出来的冷气。从门帘对面传来阿姐和老师聊天的声音。她沏的咖啡的香气已经笼罩了他们俩。我稍作停顿，对着镜子整了整头发，走进了吧台。

阿姐低着头，薄薄的白衬衫敞着上面两颗扣子，露出酥胸光滑如凝脂，我看得呆了。透过纽扣的缝隙，能看见淡紫色的蕾丝内衣。这就是女人啊。阿姐今天没有戴耳环。看着她那一头发梢东翘西翘的黑发中露出的楚楚动人的小耳朵，我忽然感到放心不下了。阿姐往咖啡上挤了些奶油后，端给了老师。

我正要返回厨房，阿姐揪住我 T 恤的下摆，要我等等。

“老师，这孩子叫绿藻，帮忙的。”

老师细长的眼睛盯着我看了好一会儿。这是我迄今为止见过的最冷静的瞳仁，仿佛无所不知，仿佛能完全看透人的浅薄。

“你叫绿藻，是真名?”

“是的。”

“绿藻，就是那个圆圆的东西吗?”

“大概吧。”

“好名字啊。”

“真的?”

“名如其人哪。”

老师意味深长地笑了，看不出是真的觉得有趣，还是装出来的。

我不知道该怎么回答，求助地望着阿姐。阿姐笑眯眯的不说话。我什么也说不出来，羞愧得不得了，连忙逃回里头的厨房去了。

那天晚上，我又在昏暗的凉台上眺望对面的窗户。

那个人不在家。窗户罕见地关得严严实实的，里面的窗帘也纹丝不动。然而我还是在眺望。并非有一搭无一搭地看，而是以专注地看显微镜的小学生的那种认真态度，目不转睛地望着窗户。他一定会回来的，无论是十分钟后，还是三小时后。只是，我等待的人或许并不是他。

老师还在店里。已经过了十一点了。往常这个时间，阿姐早就锁了收款机，我也在擦桌椅了。

十点过后，客人只剩稀稀拉拉的几个了，阿姐让我回楼上去。我问她那还要不要打扫，她挥挥手说“不用了，不用了”。之前整个晚上，阿姐一直在和老师起劲地聊天，根本不招呼其他客人，可把我给忙坏了。万幸的是水岛先生没来。我是最不愿意陪他说话了。在阿姐和老师周围仿佛笼罩着一层难以介入的薄膜，这层薄膜的高雅和纤细使我肃然起敬。万一这个时候，像水岛先生那样粗野无耻的人进来的话，它就会被破坏殆尽，我也说不清为什么，反正这是绝对要避开的。

我忙里偷闲地偷偷瞅过老师几眼。

对于我和其他大叔偷偷摸摸窥视的、或者像伸舌头去舔那般凝视的、阿姐某一瞬间的背影，老师却一次都没有流露过类似的眼神。即使她从自己的视野中消失，老师也决不会追赶，就如同她从未在这个世界上存在过一般，淡然得让人起急。老师和阿姐有着某种相似。我对这位老师产生了好感。

恍惚觉得对面房间的窗户里出现了老师和阿姐的侧脸。今天看到的老师的断片，就像放幻灯似的，一幕幕在那扇窗户上映现、消失，消失、映现。与此同时，阿姐的白衬衫和没戴任何饰品的耳垂清晰地浮现了出来，像是要消除这些映像。御门姐和老师两个人现在在聊些什么呢？这样一个疑问掠过我的脑海，和两人的朦胧影像正好一进一出。

对面房间的灯亮了。我一惊，迅速回到黑暗的房间里。随着嘎啦嘎啦开窗户的声音，响起了女孩的笑声。

盛夏时节下午一点的书店里，挤满了无处可去的人。

书店里充斥着新书的纸张和油墨清高的气味，令人反胃。还不如旧书店发潮的霉味好闻呢……我好久没来书店这种地方了。虽然离店没几步的地方，有一家挂着大大的招牌的算得上宽敞的书店，可是自从退学后，面对散发着知识气息的东西，我就浑身起鸡皮疙瘩，尤其是要踏足迈入书店啦图书馆之类、只存在人与书的那种神圣空间，需要相当的勇气，而且，这类建筑物似乎也在干脆地拒绝我。假如我有什么求知欲望，从小学时代开始囤积的文库本和店里庸俗的周刊就足以满足我了。但是，今天歇店，阿姐也好像还没起床，屋里又热得待不下去，我这才顶着烤人的大太阳晃到这里来了。我有点想要相信阿姐什么时候说的一去书店就仿佛脱胎换骨的话了。

站在这许多书本和围着这些书的不堪酷热的人群中，脱胎换骨的感觉是怎样产生的呢？应该回去问问阿姐。我才走了这么几分钟路，脑门、后背、大腿就汗津津的了，书店温乎乎的冷气根本吹不干。我先挤进了门口的周刊角，待在那里一动不动地等着汗消下去。

“热死人。”

喘过气来，我随口冒出这么一句。旁边的大叔扫了我一眼。平放着的杂志堆中最漂亮的一个封面，是深绿色的背景上蜷缩着一只花猫，那双钝金色的眼睛似乎在说：“你就别指望了。”

我毫不留恋地走出了书店。阿姐给我的旧棉布连衣裙紧紧地粘在背上。我真想把这可恨的连衣裙和内衣全都脱掉，拽到墙上去。快步穿过小路，来到店旁，看见一个穿亚麻衬衫的人坐在“香猫”房檐下的阴凉处，显得十分凉爽。

“老师。”

他抬头看见了我。

“你好。”

“这店，今天休息。”

我抹了一把脑门的汗。

“她在吗?

“……”

“我问松泽君。”

老师伸出大拇指，指了指店。阿姐应该是在房间里睡觉。可我不想告诉他。

“我想应该在她屋里吧。”

“说好一起吃午饭的。我说一点来接她……”

“已经到时间了？”

“现在一点多了。”

“您在店里等一下。我去开空调。”

我不禁莞尔一笑。这倒也不是为了让人觉得自己很懂事。我快步走到后门，从兜里掏出钥匙开门，这时，和刚才正相反，感觉背上的汗凉飕飕的。“请进。”我说着打开了门。老师道了声谢，走了进来。关上门，拉着百叶窗的店里漆黑一片，只有从地板和门的缝隙间漏进来一点光亮。

老师没有说话。

黑暗中，我屏住呼吸，凝眸细看。我轻轻地舒张鼻翼，不让对方察觉地嗅着老师的气味。同时，我又觉得这样做甚至很难为情，恨不得马上开门逃走。

“灯呢？”不远处传来老师的声音。

我摸索着走到吧台最里头的电源开关前，确认了冰凉的手感后，把店里的灯全部打开了。老师钻过门帘，走进了客席。

“我去叫阿姐。”

“你等等。”

“哎。”

“松泽君在睡觉吗？”

“可能吧。”

“那先别叫她，我也想休息一下。天太热了。”

老师在客席的一个座位上坐下来，像个少年人似的晃悠着腿。我们之间的紧张空气这才多少缓和了一些。

“这个店不错啊。”

“……”

“有人资助吧。”

我笑了。

“阿姐没跟您说过吗？”

“不怎么说的，这种事。”老师双手沙沙沙地捋着头发说道。

“听说是从以前工作认识的什么大叔那儿盘来的。”

以前的工作是什么，我也不知道。不过，阿姐肯定也和那个大叔睡觉了吧。

“喝冰咖啡吗？”

“不用，不喝。”

店内凉快而安静，与外面的闷热隔绝了。放下的百叶窗的那一面，蝉儿们叫得正欢。在这位敏感而神秘莫测的、来自自己所不了解的世界的男人面前，我感到不知所措。

老师在桌旁坐下，一面依次瞧着墙上挂着的旧油画。他突然扭过头问我：“你是学生？”

“不是，退学了。”

“哦。大学那种地方，还是不去的好啊。”

我不知道该做出什么表情。要是阿姐会怎么应对呢？

“松泽君一点没变哪。”

“当学生的时候，她也这样吗？”

“是啊，也是这样。”

眼前浮现出在午后温热的风吹拂下半裸着睡觉的、阿姐的睡脸。

“她很美吧。让人禁不住看呆了。”

“你这么觉得？”

“您不觉得吗？”

“说的是啊。”

“……”

我没事做，一口喝光了自己的冰咖啡。不知老师出于什么意图，一直盯着我的咖啡杯看，害我没法喝得随意。然而沉默还在继续。

“阿姐她，好像喜欢老师吧。”

我忍不住说了出来。我实在忍受不了这静默了，但同时没忘装出一副对他们的关系满不在乎的口吻。

“我去叫阿姐。”

我也不看老师的脸，只管朝后门走去。反手关上门后，身体突然脱了力，人顺势靠在了门上。大中午的热浪一点点地贴了过来。我急切地想见到阿姐。

我跑上楼梯，敲了敲御门姐的房门，一面叫着她的名字。她如我所想地半裸着现身了，慌张地问我什么事。

“老师在店里等着呢。”

“啊，对哦，我睡过头了。现在正准备呢。”

“……”

“就这样。”

阿姐哐当一声把我关在了门外。我回屋开了窗户，把身上穿的一件不剩脱个精光扔个一地，躺倒在床上。

我一边调整着呼吸，一边用手掌轻柔地从胸部开始往腹部抚摩下去。尽管皮肤内侧燥热得受不了，身体的表面却冰冰凉。

脑子里的一个角落在隐隐作痛。

我不去止痛。我想要以全身去感受这疼痛。

隔壁房间的门哗啦一声开了，响起了一阵钉跟鞋跑下楼梯去的声音。咔咔咔咔咔咔，无情地戳着这干燥的、不停掉铁锈渣的寒碜楼梯的声音。我翻过身子趴在床上，把眼睛闭得更紧了。

一睁眼已是傍晚。正在西沉的日头根本和白天一样毒，只是色彩略微柔和了些。整个房间洒满了梦幻般的橘红色。我的浅黑色肉体也染上了一层甘美柔和的果实色泽。尽管身子贴着床单的部分都被汗浸得湿漉漉的，却感觉格外的惬意，我就在这潮气与一天最后的光照中闭目养神。

阿姐回来了吗？隔壁没有声音。相反，从对面的那间房里，传来了犹如在梦境与现实交界处扭曲的拙劣的吉他声。《禁忌游戏》的哀伤旋律，每一小节都要停顿，我不由得笑了。就他这水平，还不如我弹的呢。

从床上起来，傍晚潮湿的风清爽地绕着我赤裸的腹部转了一圈，走了。我重新套上小睡前脱掉的皱巴巴的连衣裙，去了凉台。对面房间的纱帘里见不到人影。我照旧坐在圆椅上，聆听着聚集到公园小树林来的鸟叫、繁忙的汽车噪声、远处传来的喧嚣人声。时断时续不成调的吉他声统领着夏天这所有的声音，从我的耳朵里穿行而过。我尽量不惊扰这可宝贵的时刻，坐在圆椅上静静地呼吸，以免弄出多余的杂音。

我一动不动地坐着，老师灰色的头发、颀长的身材、泥迹斑斑的皮鞋、细边眼镜等等，在我的眼底呈断片轮番出现，刚形成图像，就纷纷破碎了，随着我的每一次呼气流进夏天的空气中去。

我怀着祈求某种伟大无比的、宽容的、强有力的东西——祈求这样的东西帮助自己的心情，望着对面的房间。

吉他声还没有停。

这天晚上我也出去散步了。阿姐还没有回来。我只是感觉有些憋闷，所以一接触到舒服的夜风，身体马上就放松了下来。阿姐他们在哪儿呢？我像一个梦游症患者似的，听了一扇又一扇门，窥视了一扇又一扇窗。过了点的晚饭的炒菜声、淋浴热水迸溅的声音、洗衣机粗俗的旋转声、电影里的叫喊声，以及填补空白的夜蝉的鸣叫。

上次看过的一个男人独自看电视的那一家里，有个像是他妻子的女人在沙发前做着奇怪的体操。她双手合在胸前，身体不自然地扭曲，然后保持这个姿势不动。像是刚洗完澡的女儿，拿毛巾拍打着头发，从她旁边走过。妈妈没动身子，扭过脸对女儿说了句什么。女儿走回来，一屁股坐在沙发上。我透过篱笆墙的缝隙，耐心地等着看她变换姿势。

“喂。”

我发出一声轻声尖叫。回头一看，老师站在离我三步远的地方。在这一瞬间，我意识到任何辩白都是没有意义的，便向老师招招手，指指篱笆墙那边。老师走到我旁边来，和我一起观看窗户里的女人和她的女儿。老师的左肘碰到了我的右肘。

“她一直这个姿势。”

我惶恐不安地小声说道。老师“嗯”了一声，朝我微微一笑。四目对视，我的血都要凝固了。老师很可能看透所有一切，就连我为什么干这种勾当在内。

在我面对着老师找话讲的工夫，老师先开了口。

“你干吗呢，半夜三更的?”

我拉着他的胳膊离开了篱笆墙。他的胳膊凉凉的。迎面开来的汽车的头灯越过老师肩头照射过来，我眯起了眼睛。

“散步啊。现在该回去了。”

“散步?”

“没错。”

我松开了老师的胳膊。残留在手指上的他的触感刹那间消失了。

“刚才您和御门姐在一起吗?”

“嗯。”

“那个，一直都……”

“嗯，是的，刚回来。”

老师双手拢着头发。

“今天晚上您住哪儿啊?”

“大马路那边的饭店。我想走着回去，好醒醒酒。”

“这样啊。”

“我送你回去吧?”

“不用了，我还想……”

“……”

“我还想再走走。老师也和我一起走走好吗?”

“也好。”

就这样，我们不约而同地迈开了步子，中间隔着一个人的距离。时而有丝毫不减速的汽车擦着我们身边驶过，根本不把我们当回事似的。这使我很高兴，让我想到我们两个就好像是死人。

悄然躲藏在公寓楼群的阴影里的杂草味伴着暖风包裹了我的身体。我低头走着，嗅着这青草味，不住用身体的右半边去感受着老师的动静，听着两人步调不一的脚步声。我知道老师也在不时地朝我瞥上几眼。

“你总是这个时间散步吗？”

又一辆车擦着我的左胳膊超了过去。

“你不觉得危险吗？”

“不觉得呀。我不怕。”

“是吗……”

我们默默地走了一会儿。左边宽阔的停车场对面有一座三层楼公寓。在三层最右边的凉台上，有一个女人正靠着栏杆在打电话。

“这一带的人真是毫无戒备心哪……”

老师也在瞧同一扇窗户。我站住了，他也站住了。

“您觉不觉得，她这叫活着呢？”

我说出了一句从未思考过的话。这句话飘浮在空中，听起来简直就是胡言乱语。

“你说谁呀？”

那个女人突然一转身进了屋。

“唉，走了。”

扭头一看，他还在瞧着那扇窗。

“那个人……您不觉得那个人在好好地活着吗？”

“……”

“人哪，做的没有想的多。大家都一动不动的。突然间一动起来，突然间就像个人了。”

她又回到相同的地方了，电话还贴在耳朵上，只是这回是一边喝着什么。

“看起来每个人都在自得其乐呀。”

我这话，或许听起来完全是一副年轻人的冷漠口吻。老师微微笑了笑。

过了一会儿，她可能意识到了我们站在路灯下的身影，又返回屋里去了，哗啦一记拉上了窗帘。

“看不见了。”

我冲着老师耸了耸肩。

“你也在自得其乐呀。”

“老师您呢？”

“我吗？我嘛……”

远处传来醉酒人的嚷嚷声，我们回头朝酒馆街那边张望。叫嚷声很快变成了笑声，走了调的大合唱立刻响彻了寂静的街道。

“我要是能像那些人那样就好了。”

老师浅浅一笑。

到底他还是把我送回了店。还没等我说出“可以的话，明天还一起散步”之类的话，他就说了句“给松泽君代好”，挥挥手，眨眼间不见了。

第二天，我上午下楼去店里，看见阿姐正边剥橘子边听水岛先生说话。从水果刀上滴落的果汁，将阿姐的纤纤玉指染得亮晶晶的。

“阿姐，早上好。”我打了声招呼。

“啊，早上好。”

她应道，没朝我这边回头。见水岛先生嬉皮笑脸地朝我点头，我只好飞快地寒暄一声“早上好”，就过去取客席上的花瓶了。一个小时后，等他照例操着破锣嗓子夸张地辞别，恋恋不舍地出了店，店里就只剩下了我和阿姐。

“阿姐。”

阿姐坐在收款台的椅子上翻看账本，嘴上衔着烟。她那涂成淡金色的小小的指甲，在旧笔记本上点点烁烁。阿姐抬起眼睛，温柔地回应了一句“什么”。

“昨天怎么样啊？”

对于我的提问，她只是呵呵地笑。

“是和那位老师在一起吧？”

阿姐歪着头，好像不好回答似的。

“阿姐真狡猾。”

我把收拾下来的杯子放下，在阿姐旁边的椅子上坐下。烟雾中飘来她那熟悉的甘甜发香。

“那个人喜欢阿姐吗？”

阿姐吐出一口烟，又笑了。

“真是的，我哪知道啊。”

“净装蒜。”

“真不知道啊。”

“一般不会和不喜欢的人睡的。”

“男人可不见得哟。”

“睡了？”

“这么粗鲁的话，可不该问哪。”

“一定是睡了吧，和那位大叔。”

“你叫他大叔？”阿姐愉快地笑起来。我感觉自己的身体在收缩。阿姐并不知道昨天老师和我在夜晚的街上散过步。

“你为什么喜欢他呢？”

阿姐将香烟放在烟灰缸沿上，用食指把指甲边翘起的一点软皮摁平。

“谁什么时候说过喜欢哪？”

“我看出来的呀。”

“你也喜欢老师吧。”

阿姐盯着我的眼睛，确认似的说道。我沉默了片刻，然后意味深长地、发自内心地回答："我喜欢他的鞋。"

"怪孩子。"阿姐笑着摩挲我的脑袋。她把柔软的手放在我的头上，接着说道："我跟绿藻这么大的时候，就喜欢梦二老师。"

"他叫 yumeji①？怎么写？"

"和竹久梦二②的汉字一样，他叫林梦二。"

"这名字女里女气的。"

"多罗曼蒂克呀。"

"矫揉造作。"

"哟，是吗？"

明明谈论的是她喜欢的人，阿姐却显得没什么兴致。见窗外有人影，她抬起大屁股准备起身出迎，却好像不是客人，于是又拿起刚要掐灭的烟抽起来。

"他结婚了吗？"

"不清楚。"

---

① "梦二"的日语发音。

② 竹久梦二（1884—1934），日本著名画家和诗人，代表作有《女十题》、《长崎十二景》及诗集《梦的故乡》等。

“阿姐和老师谈过恋爱吧?”

阿姐再次把手按到我的头上胡噜起来。

“没敢告诉他呀，告诉他我喜欢他。我那时候特别害羞。机会倒是有，没敢说。”

“那个人，多大岁数?”

“不知道啊。可能有五十多了吧。”

“老先生呀。”

“是啊。”

“我来这儿以前，他也常来吗?”

“不怎么来。几年才来一次。”

“来干什么?”

“谁知道啊。”

阿姐似乎完全厌倦了这个话题，噘起嘴吐出一缕细长的烟。我也有气，觉得再追问下去就显得太傻了，就闭上了嘴。而且我觉得，不管我问话时再如何装得漫不经意，阿姐也决不会跟我说实话的。

静静的店里回荡着爵士钢琴曲，阿姐跟着旋律哼着歌，我很羡慕她。同时，我又感到仿佛全身被什么东西紧紧捆绑着，喘不上来气。我心想，阿姐漠不关心的言行举止背后，其实是在恋爱吧。自从老师来电话那天起，即使以最最保守的感觉来说，阿姐身上的香气也比往常要好闻太多了。她在想着某个男人。这是与对待天天晚上来找她的那些大叔全然不同的一种想念。可以肯定，阿姐将这个小秘密深藏在任何人都触摸不到的、身体最里面的小盒子里，不告诉任何人。她一定经常用指尖去抚摸它，或把它含在嘴里，或对着太阳光欣赏它，宛如只有在失眠的夜里才拿出来欣赏的宝贝一样，一直把它珍藏到现在。绝对是这样的。

想到这，我忽然发觉阿姐可怜得不得了。虽然觉得可恨，却想对她说句安慰的话。于是，阿姐特有的那种宽容，似乎一瞬间变成了我自己的作风。现在，阿姐攥了一把我的齐肩短发，仔细瞧着。

“你头发真好看哪。”

我低着头，咬着嘴唇。

“阿姐的头发也好看哪。”

刚想要这么说，门铃响了，一伙客人嘻嘻哈哈地进来了，阿姐噌地站了起来。笑迎男人的阿姐的嘴唇和脖颈的线条是那么的光滑，昨天老师是怎样抚摩那里的呢？刚一闪念，脑袋就仿佛要飞散成碎块了似的。

从那以后，我每天晚上都出去散步。

有一次，我曾经走到了老师说他住的那条大马路上的饭店。我把亮灯的房间一间间地注视过来，也没有找到老师。

我对于对面的他的兴趣在一天天减少。我更想看到的是，那种难以预测的、能给予我帮助的、我不认识的某个人的幸福与不幸。我肯定是想要逃脱出来。御门姐和老师的身影像墙壁一样围住了我，并且一天天一点点地在缩小着和我之间的距离。我胡乱地扔着石头，想要打出一个能看到前景的窟窿来。

我非常的投入。一只手拿着不知什么时候水岛先生装在黑塑料袋里给我的粗劣望远镜，像个幽灵似的窥视着夜晚的家家户户。透过镜片圆圆的视野所看到的人们几乎都是面无表情的，转动手轮拉近了看，便焦点模糊，只剩下肉色的光圈。

一天傍晚，饱含着白天暑气的积雨云转眼间变成了乌云，远方传来阵阵不吉利的轰鸣。坐在靠窗的桌旁的老先生和他带来的外国女人们听见这雷声，都像孩子似的叫唤个不停。御门姐微笑着对他们说“看样子要下雨啦”——俨然预知即将发生的一切的口气，然后用同样的语气对我命令道：“绿藻，去把衣服收了。”

我点点头，去拿挂在厨房镜子旁边的阿姐房间的钥匙。我只是从门口往屋里看过阿姐的房间，单独进她房间还是第一次。

来到外面，大颗大颗的雨点刚开始打湿地面，水泥路面上正开始泛起一阵阵什么东西烤煳了似的、又像是烂草的熏人气味。远远的东边天空上，银色的闪电浮现于黑暗的天空，隔了一会儿，地面上回响起震天动地的响声。我跑上旋梯，打开走廊最里头一间房门，走了进去。

阿姐房间的门厅都被华丽的鞋占据了，连下脚的地方都没有。没办法，我只好在门外脱了凉鞋，掂着脚尖进了屋。只有水槽周边还算整洁。也许是门厅放不下了，一直铺到里头卧室的地板上，乱扔着好多鞋，开盖的鞋盒里装着鞋，装包的连包装纸都还没打开。

一进卧室，就看见精巧的欧风床边扔着一只空啤酒罐子。没有电视机，屋角摆放着一张与小房间不协调的高档梳妆台，上面摆了一排化妆品瓶子。衣柜前面掉着几件阿姐的漂亮内衣，一件叠一件的。这些光鲜亮泽的薄布头，像在等待着什么似的，屏息静气地待在黑暗的房间里。唯独这里空气清澄。

我打开窗，迅速动手收衣服。雨越下越大了。不时刮进凉台来的雨点弄湿了我的手和脸。我看见对面他的窗户外晾晒的衣服，被雨点打得一跳一跳的。从阿姐的房间看，原来是这样子的呀。大概屋里没人吧，五颜六色的T恤被雨淋湿，伤心地摇晃着。

我关上窗，坐在梳妆台前看着镜子里的自己。我微微鼓起胸脯呼吸着，在昏暗中失去了颜色的家具们仿佛都在盯着我看，使我窒息。

这面镜子里照出的她是怎样的呢？恍惚觉得我尚且不了解的那部分阿姐就分成好几块散落在这间屋子里头。我拿起梳妆台上的化妆品瓶子，像摆弄试管似的，一只一只地晃一晃，再打开盖子闻一闻味。当我伸手去拿其中最高的一只瓶子时，发现它后面躺着一个四方的小东西。是一个小镜框。金色的框子很硬实，摸上去冰凉。

镜框里的是阿姐：和我一样的齐肩短发，朝我这边笑着，可爱的笑脸显出一副羞涩模样。真年轻。我慌忙把它放回了原处。我想要找的理应就是这样的东西，真的找到了，却又感到内疚。

突然，电话铃响了。我凭直觉认为是老师来的。这部老式的黑色电话放在梳妆台旁边的小椅子上，就像是被丢弃在那里似的。回过神来，我已经拿起了话筒。

“喂。”

电话那头不说话。

“喂，喂。”

沉默持续了几秒钟。我此刻的心情犹如在祈祷。

“我是林。”

老师在电话里的声音，感觉比往常更加冷峻，听起来也像在谴责我刚才所做的一切。

“御门姐在店里。”

“你是谁?”

“我是小森。”

“绿藻吧。店里的电话打不通，就试着打到这儿来了。”

“打不通吗？那可能是客人在用呢。”

老师沉默了。

“您有什么要我转告的吗?”

“没什么，不用了。”

那干吗还打电话？我想这么说。但，说不出口。为了寻找合适的话语来代替，我也顿了一顿。

“那么，回见吧。”

“老师。”

“哎。”

“下次，您什么时候来店里呀？”

老师又不说话了。

“御门姐会很高兴的。”

“过几天去。”

“好的。”

“回头见。”

老师挂上了电话之后，我还举着话筒呆呆地站着。我觉得在那张照片的某个地方，也拍进了老师的什么东西。放回话筒后，我又从瓶子后面拿出那个镜框来。这回我仔细端详了半天。我一度曾把它塞进了裙兜里，但转念一想，又把它藏回了瓶子后面。

“刚才有你电话。”

下到店里，我向正和客人一起瞧着外面的恶劣天气的阿姐报告说。她回问我“谁来的”，眼睛没离开窗户。

“老师来的。”

“是吗。”

阿姐垂下眼睛，擦起玻璃杯来。她时不时噗地吐口气，仔细用软布擦去上面的雾，最后对着亮处看看，才满意地放下，拿起下一个杯子。

阿姐也是这么仔细地擦那个镜框的吗？她和老师的回忆到底收藏在什么地方呢？从她的侧脸上什么也看不出来。阿姐意识到了我的视线，温柔地笑着问我“看什么呢”。我笑得不够到位。

近段时间老师虽然没来店里，但好像有时会和阿姐去吃饭。每逢和老师出去的日子，阿姐从一大早就显得心神不定，笑容也比平时多，我一眼就能看出来。除此之外一切照旧。对面的他的房间里依然会出现那个长发女孩；水岛先生、小宫山先生以及其他客人照常来来去去；太阳也在每天升起落下——这个夏天，表面上什么变化也没有。

只是我的睡眠时间越来越短，相应地，夜里的散步时间越来越长了。做瑜伽的那位太太每天晚上都是那一套，渐渐地我也看得厌倦了，现在看她家二楼上的女儿更有意思。尽管拉着绿窗帘，可从相隔不远的地方用观剧镜看的话，有时能从窗帘缝里看见她穿着淡蓝色睡衣的身影。她一会儿把长头发编起来，一会儿扎成高高的马尾，也不是为了给谁看，却特别的投入。从圆圆的视野里窥视到的她的神色实在是认真得无以复加，仿佛要将我的视线复制到她面前的镜子里去一样。

和老师一起看过的那个打电话的女人的房间里，有时会出现男人的身影。他先在凉台上吸烟，不一会儿，窗帘打开，那个女人探出头，两人说上一两句话，然后一起回房去。

我越是偷窥越是想要看到里面某种更加隐秘的东西。看厌了一家，就寻找新的窗户。我继续窥视着在橘黄或纯白的灯光下，看似枯燥无味地过着日子的人们。

看完，我就像个幽灵似的回家。半夜偶然醒来，能听到隔壁房间低低地传来阿姐的声音。是老师打来的电话，我半梦半醒之间这么思忖着。每当这时，我都会梦见老师和阿姐走在灯影稀疏的夜路上的朦胧背影。不管我怎么追，两个人还是一点点地离我远去，我的腿累得快要抽筋。

一天快打烊的时候，老师穿着利索的亚麻衬衫，没有任何预兆地突然出现在店里。我急忙背过身，装作整理墙上的挂花。八月快要过去了。

“要关门了吧。”

我听见御门姐笑着说“您来啦”。接着，老师叽叽咕咕地说了些什么。店里除我们仨以外再没有谁了。最后一位客人五分钟前刚走，阿姐正待在吧台里点钱，我正在收拾桌子。雷阵雨刚过，从敞开的窗户偶尔刮进来的风，感觉格外凉爽。

“绿藻。”

阿姐在叫我。我深吸了一口气。

“绿藻。”

“哎。”

“倒水。”

“好的。”

我回过头，把视线的焦点锁定在吧台那边。阿姐和老师正在看着我。阿姐真残忍。她的微笑，无论何时总让我产生以后再也看不到的错觉，从而把我变成她的俘虏。

“晚上好。”

我不敢看老师的眼睛，只朝他轻轻弯了弯腰，便去吧台一角拿全身挂满露滴的银水壶。拿杯的手在颤抖。从壶嘴溢出的水，沿着拿杯的手一直流到了胳膊肘，留下了一条冰凉的轨迹。

御门姐背对着吧台，正在给老师制作什么饮料。老师和以前一样漫不经心地望着她的后背。马球靴湿漉漉的，大概是冒着雷阵雨跑来的吧。我从他背后默默地把水放到吧台上，老师保持原来的姿势说了声“谢谢”，都没朝我看一眼，就仿佛那天夜晚的事情、两人一起散步的事情根本没发生过一样。

阿姐又让我去拿鲜奶油，她要制作维也纳咖啡。

老师和阿姐面对面之后，我又回到客席，拿起掸子没完没了地、毫无意义地掸起窗边放着的一只花瓶来。阿姐和老师等我一离开，马上悄声说起话来。我在窗边竖起耳朵听，那话声却混进了风声里，空洞地掠过我耳畔。

我独自一人抬头仰望现在已经完全无所谓了的他的窗户。没有亮灯。从正对面的房间窗户里，穿着睡衣的老太太探出身来关木板套窗了。我怀着几乎是求救般的心情拼命地朝她笑，就像平时阿姐对我的那样。老太太虽然注意到了我，却仍旧紧闭着嘴唇，表情不变，和一阵咔哒咔哒关木板套窗的刺耳响声一起，消失不见了。

吧台那边的阿姐他们正愉快地聊着。面对他们俩，我总是会有些紧张，但是当这股紧张一旦松懈下来，我可能就会不顾一切地冲过去，这令我害怕。我压抑着没着没落的心情，尽量控制住自己。

我感觉阿姐注视老师的眼神，好像并不是看我和大叔们时的那种恍惚的温柔眼神。她的黑眼珠里一定完整地映出了眼前的老师。以前我也是这么映在她眼睛里的吗？我没有自信。我根本没打算要知道阿姐究竟在看什么。我曾经以为只要跟在她身边，总有一天，她的想法就会如同我自己的想法一样，自然而然地就能理解了，自己也有可能成为她那样的人。虽然来这个店才只有半年，却感觉她就是自己长久以来一直期待遇见的人。尽管如此，为什么我就无论经过多久也弄不懂阿姐呢？

吧台前的两个人根本瞥都懒得瞥我一眼。每个人都当我是处理品。这幼稚的念头刺激着我。焦躁感无声无息地充满了我全身，使我因紧张而僵硬的身体松弛了下来。

“我去换一下衣服。”

我朝吧台一看，阿姐已经在解围裙了。

“你也可以上去了。”

可我不想让她走。

我想要走近她，刚一迈步，腰碰上了桌角，把放在角上的糖罐弄倒了，糖罐咣当一声掉到了地板上。

老师这时才回过头来，就好像刚才一直忘了我的存在似的。

“对不起。”

我慌忙蹲下来，双手把像白灰一样撒了一地的砂糖划拉到一起。阿姐笑了，说：“哎哟哟，这是怎么搞的？”

“没伤着吧？”

坐在椅子上的老师也笑着低头问我。腰骨钻心地疼。我突然很想哭。无论什么事，都不顺我的意。

“我很可笑吗？”

两人什么也没回答。我抬高声音，又问了一遍：

“我很可笑吗？”

阿姐好像意识到我不大对劲，歪头看着我。我也知道自己的声音在颤抖。

“小绿藻，你怎么啦?”

阿姐在这种时候加个“小”字叫我，实在是可恨之极。老师假装若无其事地转回身去朝向吧台。

我站了起来，走到老师身后。阿姐还一副温柔地想要问我什么的表情。天知道我的脸色变成了什么样。无论我的脸色是生气也好，快哭出来也好，苦恼也好，阿姐面对我的表情，无论何时均是雷打不动的温情脉脉。

我想要把这一切都破坏掉。我想要瞧瞧这两个人痛苦不堪的表情。

“阿姐，你可真够狡猾的呀。带那么肮脏的大叔去自己房间，怎么还能笑得这么灿烂呢?实际上你每天晚上都干着娼妓般的勾当。老师知道吗?你不让老师知道，就好像只对老师一个人热情似的，太狡猾了。居然还自鸣得意，你就跟傻瓜一样!”

阿姐只是显得有些为难，歪着脖子冲老师笑，不见一抹我所期待的表情。我目前想到的语言，力度还不够。应该再说出点更有分量的话，我想着开始搜寻。我使劲眨了眨眼睛，眼泪掉了下来。

“老师也一样。”

尽管声音在颤抖，我还是继续说了下去。

“阿姐并不是老师所想的那样的人呀。根本就不是那样的。像老师这样的人，阿姐要多少有多少呢，所以请不要以为自己特殊。因为对于阿姐来说，根本就不存在什么特殊的人。”

我总算都说出来了，尽管断断续续的。“净说些莫名其妙的话啊，你这孩子。”就在我哭天抹泪的时候，我听见老师有些为难似的这样说道。

受伤害的只有我一个人。万万没有想到的是，我被我自己辱骂阿姐的话伤害了。话一说出声来，就感觉仿佛都成了真的似的。我希望听到她加以否定，说这些都是胡说八道。我是这样祈祷，可却听不到任何人发声。

我心惊肉跳地抬起头，发现他们俩已经不再看我了。阿姐只说了一句“你瞧，这孩子够怪的吧”，就转到别的话题上去了。我眼泪也不擦，茫然地伫立在原地。他们对我说的话连一丁点反应也没有。即便我倾注再多的情感，他们身上接受这情感的器官也似乎已经完全脱落了。

老师杯上浮出来的水滴无声地沿表面流下来，一点点地浸润着木制的吧台。从我头脑的某个角落，有某种东西正以同样的速度在源源不断地渗出来。

他们是在你眼前，但他们又在某个远方。扔过去的话语中流露出的情感，枉然地飘浮在空中，没有被任何人抓住就消失不见了。他们对此从来都是熟视无睹的。一想到这，我突然觉得这两人看上去就像是假人，不由得脊梁骨一阵发冷。

我默默地从店里走出来。就在打开门的一瞬间，我听到了阿姐的笑声。

我目不斜视地横穿马路，随手大把大把地揪起疯长的薄荷叶来。不光是薄荷叶，对面公园里的杉树、榉树、向日葵，以及再远一些的高耸的公团①住宅，目之所及，

---

① 日本为推动国家性质的事业的发展，而由政府全额出资设立的特殊法人。

我都想将它们连根拔起。薄荷叶不管被我怎么踩、怎么拽到水泥路上，弄得面目全非，薄荷味始终不散。

我听见了上旋梯的钉跟鞋的脚步声。抬头一看，阿姐那从裙子里露出的腿在街灯下白晃晃的。我无言地盯着那两条腿的动作。那天最大的风刮了起来，黑色的裙子被掀到了膝盖。阿姐没有回头看我，便消失在了走廊里。我就地坐了下来，把揪来的薄荷叶捂在了脸上。

散乱的片片绿叶，在空中停留了片刻，便四下飘零而落。

一觉醒来，从隔壁房间又传来了那熟悉的声音，还伴有精巧的细床腿与黄色榻榻米的摩擦声。与以往不同的是，只能听见阿姐的声音。她那使人子宫收缩的、痛苦的小鸟般的、尖细的叫声。

漂亮的御门姐。映在她眼睛里的老师。两个人都在这堵墙的那边。要是把耳朵紧贴到墙上，连老师的喘息声也能听见吧。

我没有动。也许过一会儿，自己又会恢复以往的冲动，贴过墙的右耳会火烧火燎地疼起来吧。我闭上眼睛，均匀地呼吸着，等待着冲动的来临。

我数到了十，又数到了二十，却仍旧仰面躺在床上没有动。

尽管适应了黑暗的眼睛能够看清天花板的四角，脑袋里却朦胧一片。今天自己所听到的话、所说的话，即使想要回想起什么，一切也早都快步逃走了。

把手放在额头，闻到了指尖上残留的淡淡薄荷味。霎时间，自己一动不动站在散落一地的薄荷叶中间的身影，浮现在脑际。

说到底，我最想要看到的，或许并不是人们平平淡淡的日常生活，而是潜藏在淡漠表情下的矛盾、欲望、因悲伤而扭曲变形的丑陋面孔吧。

今天晚上，我的脸会不会就是这样的呢？要是能观察自己就好了。不光是我自己，要是能让我无一遗漏地将所有的人都观察一遍就好了。

从窗帘的缝隙里透进了街灯泛白的光亮。

我起身轻轻拉开窗帘，走到了凉台上。夏末的凉风将阿姐的声音带向了静静的夜空。酒馆街的喧闹声也已经听不到了。我坐在椅子上，怅然地倾听着这夏天的小夜曲。

对面房间没有开灯。纱帘在夜风中微微摇曳着。不知道那个人睡了没有。这么想着凝眸望去，发现窗帘里面有个人影。千真万确，是有个人站在那里。

刮起一阵大风，窗帘卷起了一半。我第一次看到了他的脸。他正目不转睛地盯着阿姐的窗户，目不斜视地盯着，专注得近乎滑稽。

我也曾经这样窥视过吧。

而且也曾像这样地被看过吧。

这么一想象，我忍不住轻声笑了出来。他吃了一惊，朝这边扭过脸来，发现了在凉台角落里注视着自己的小女人。

阿姐又轻轻发出了一声叫唤。

我站起来，慢悠悠地朝他招了招手。

他也一脸茫然地回了一礼。

是啊，真是的。这太容易了。只要我想那么做，我也能从那扇窗户里招手啊。

小夜曲的旋律渐渐加快了。

村崎太太的巴黎

村崎太太说她想去巴黎。

还说，她想要在塞纳河畔喝咖啡。

村崎太太往自己的手上缠纸抹布。随着白色纸卷骨碌骨碌的转动，她那枚嵌有黄绿色发光石的戒指被缠了进去。等到五根手指全部隐没之后，她便开始擦拭滴了清洁剂的洗手池表面。

她跟我搭话，这是第三次。

她每次跟我说话总是开始得很突然，结束得也很突然。今天我正在水房洗玻璃杯，就听见背后有人说：“旅行社工作挺累的吧。”回头一看，见是村崎太太拿着墩布倚墙站着。“我跟旅行没什么缘分……”她就这么开了头，跟我聊到了巴黎。

“真想什么时候能去一次呀，虽然说可能这辈子都去不成。”

我把洗完的杯子倒过来，扣在抹布上控水。电话接多了，左耳朵生疼。我瞧着海绵上残留的泡沫发了会儿呆，然后四下里看了看，想找找有没有可洗的东西，可除了水龙头边上的塑料饮料瓶里插着一小株观叶植物外，什么都没有。

村崎太太在我身边擦着洗手池，她那头紫色的头发今天依然像鸟巢般蓬松。要是把手伸进去，说不定能掏出什么物件来，比如折弯的衣架、报纸团之类。

“想去就去呗。请个假。”

“我哪能想休就休啊。”

“请个假不费事的。”

“难哪。”

“我多少能给你点优惠。”

“可是……”

我给那只塑料饮料瓶换完水，没事可干，就看着她擦擦拭拭。她却不再说话，埋头擦着洗手池，仿佛我这个人从一开始就不存在似的。

走廊对面的办公室里，电话铃响个不停。在铃声中，我听见有人大声问我去哪儿了，紧接着有人应道：“他马上回来。”

村崎太太把用过的湿纸抹布叠放在洗手池的一角，整个打量了一遍，又拿出小刷子开始清除水龙头上的污垢。我轻轻说了声“走了”，便离开了水房。

“哇!”

几个月前，第一次见到正在水房里擦拭洗手池的村崎太太时，霎时间还以为自己进错了房间呢。再一瞧她穿的奶油色工作服，这才意识到是清洁工。我拧开水龙头时向她问了声好，然后一边洗杯子，一边偷偷瞅她。

“喂，我说小伙子，那儿是刚擦完的，别把水溅得哪儿都是啊。”

“好……”

那时和我第一次对视的村崎太太，不知为什么，觉着长得挺厉害的。同时，我闻到了柠檬味清洁剂的清香。我匆匆涮了涮杯子，又对着吊在柜子上的镜子稍稍捋了捋头发，赶紧走了。

回到自己的办公桌后，出票两张，退票一张，变更时间两件。其间还接了几个电话。德里、上海、福冈、西雅图……这些在全世界飞来飞去的人们，从地图册上看，就是在几页纸之间来来去去。刚工作的时候，我翻着地图册，逐一用红笔圈出那些城市的名字和所在位置，好把它们记住。在距离日本很远的城市上面画圈时，我总会感到莫名的喜悦。不过，每天千篇一律安排旅程，渐渐地便不去想每座城市距离自己有多么遥远了。甚至有时候，会以为电话里说话的对方，并不是和坐在办公桌前工作的自己处于同一个大地的平面上，而是从那本地图册中打来的。甚至觉得只要查后面的索引，就能看到他们的名字端端正正地印在上面，就像查找陌生城市名那样。

已经五点了。错过午餐时间的只有我一个人。

“我去吃午饭了。”

我说着站起身来，没人答腔。我的声音消解在此起彼伏的电话铃声里，没有人听到。我望着办公室里忙碌的同事们。我想听一听他们都在说什么，可其他声音又插了进来，结果只能模模糊糊听个大概。“你还不赶快去吃呀。”支店长催促道。我这才拿起早上买好的三明治上屋顶。

在晚霞的映衬中，村崎太太正一个人在做体操。她在做没有音乐伴奏的广播体操。我远远地在一张长凳上坐下来，随着她的动作，在心里哼唱那首钢琴曲为她伴奏。我还一点都没有忘，从头到尾哼了下来。

进行到最后的深呼吸时，村崎太太原地端坐下来，两手在胸前交叉。她该不是在冥想吧？村崎太太的那头紫发，此刻在夕阳的映照下，看上去就像是一团燃烧的绒球骑在一具躯干上。

在休息时间里我不怎么爱想事的，刚才看见的广播体操，却使我想起了那个暑假。那是上小学时的一年暑假。我不愿意去学校做早晨的广播体操，一到时间就假装上操，跑到隔壁人家的院子里躲起来。那家的院子里种了好多小西红柿，我把还青涩的果实揪一个埋一个，埋进脚下的土里。暑假结束时，没有班长盖章的“体操出勤卡”被妈妈看到后，我被骂了大半夜。第二天早上，我红肿着眼睛去上学，结果遭到班里那帮女孩子的嘲笑：“哇——改造人来啦！”我受不了那份刺激，就溜出学校跑回了家，没想到班主任老师早已先一步等在家里，于是我又被带回了学校。记得那次挨了老师一顿数落，说什么“别像个女孩子似的动不动就哭”。我那时候就是这么个小可怜。这样的我长大成人了，现在，正在城市的中心吃着饭。我和顶一头绒球的清洁工在高楼大厦的包围圈中，共同拥有着这夕照中的屋顶露台。

我眼睛的余光看见村崎太太站了起来。我拿目光追过去，快走到出口的她注意到了我，抬了一下手，算是个招呼吧。这么说，她还记得我。

她手指上那枚软糖样的戒指，在夕阳的辉映下闪着光亮。

奶油色工作服名牌上写的她的姓是“村崎”，至于是不是因为喜欢这个姓，她才把头发染成了紫色①的，我就不得而知了。

据说村崎太太有家庭。这是我第二次和她说话时知道的。当时，我们就坐在这张长凳上，说话的时间稍有些长。中午屋顶上人比较多，其他长凳上正好都有人，

---

① 在日语中，“村崎”与“紫”字发音相同。

我就坐到了她身边。有了天气之类的话题作铺垫，我们聊得还挺开。

她告诉我，她丈夫是荒川河堤边上一爿小食品店的店长，女儿是个高中生，正处于反抗期。

“和我年轻那会儿比起来，她一丁点儿都不可爱，像她爸。悔呀，能找个模样更周正的人结婚就好了。这孩子一直胖乎乎的，可最近我发现零食她倒是吃，晚饭不正经吃了。”

说起女儿，她显得气鼓鼓的，让我觉得特别有趣。近看，村崎太太算不上好看。虽然她自己说“我年轻那会儿”，不过瞧她现在这模样，年轻时也好看不到哪儿去。看得出来。她长得有点像我初中交的头一个女朋友。就是那种不管什么时候，不管从什么角度看，都像是把眼睛、鼻子、嘴巴随随便便粘上去的一张脸。说得好听点就是长得比较滑稽。就是这么一张脸，被一头染成紫色、似乎又烫过的头发密密实实地包裹着。她若是穿上干净整洁的服装，化个淡妆的话，还像个和她年龄相符的中年妇女，说不定还能显得像女青年呢。可她为什么特意打扮得这么搞笑，我实在想不明白。

就在村崎太太离开屋顶的同时，飞田君上来了，看见我就跑了过来。他似乎还穿不惯西装，身上的有些短。看他那副红着脸跑过来的样子，就仿佛漫画里受人欺负的孩子被放大了似的。

“木崎君，吃午饭哪?”

“对呀。”

我又回头望着那片高楼大厦，机械地把剩下的三明治放进嘴里。成排的窗反射着夕照，发出橘红色的光辉。其中一扇映着一个圆圆的太阳，里面的人一定觉得刺眼吧。百叶窗多半已经放下来了，不过他们大概想都不会想到，太阳光正想要穿透百叶窗吧。

“刚才，代，她给我写了字条。”飞田君显得很兴奋。我感觉有些疲惫，真希望有个人能替我陪他说话。

“什么？字条？”

“给我写的！”

“写的什么？”

“你看。”

打开那张折得很小的字条一看，字写得特别乱。我把它拿到眼前读出声来。

“飞田君，PLZ 给向井的 MS 回电话。代。”

“这字条是她亲笔写的，是写给我的。”

“她的字怎么这么乱，没想到……”

我一边把垃圾团成团装进袋子里，一边说道。字条差一点也一起塞了进去，飞田君赶紧抢了回去。

“这可是我的宝贝。”

“真恶心。”

我站起来掸了掸大腿。

“你的活干完了？又不吃午饭，到这儿来干什么？”

“那个，我实在待不住了，碰巧前辈也在这儿……”

"可别误了发件。"

他似乎没在听我说话，又打开那张字条，用手指慢慢地描着。

今年刚进公司的飞田君暗恋着同期的代。在别人眼里，他爱得很苦，确切地说，是惨不忍睹。代长得很漂亮，性情也不错，我也不小心喜欢上了她。她着急的时候，小嘴一撅，可爱极了。代刚刚分到这个部门来的时候，曾在每月一次的公司员工大会上获得过新人奖。据说飞田君在新职员培训时，对偶然坐在旁边的代一见倾心。据说在培训的那一个月里，他晚上睡觉时备受煎熬，只因为这段时间里见不到代。

起初大伙都鼓动他做这做那，有的说"你请她吃饭"，有的说"不管有的写没的写，你每天都给她发E-mail"，等等，过了一段时间，就没有人再跟他说什么了。因为任凭别人怎么煽乎，飞田君就是不付诸行动。

"我告诉你啊，女孩子最讨厌你这样了，知道吗?"

“嗯，知道知道，就是不招人待见，我这人。”

“知道就好。”

“那我也认了。”

“你把自己糟践到这个地步，也改变不了什么呀。”

“没关系，真的，我不想改变什么。”

“哼……”

我硬把他拽回了办公室，不然，他恐怕会一直在那儿待下去。刚进门，飞田君就被支店长叫去了。几天前我就听说代从下个月起要调动工作，但是没告诉飞田君。

虽说营业时间已经结束，可是像往常一样，工作并没有结束。旅游旺季已过，八点以后就不剩几个人了。飞田君的同期同事好像要聚餐，八点之前陆陆续续走了。我看见飞田君夹在这群人中，一边打卡一边和代聊着什么，真是稀罕。别看这会儿他这么兴奋，估计在接下去的几个小时里，他就会知道她调职的事。一想到这，我有些可怜起他来了。

活干得差不多了，最后我正打算制作加入票价的最终报价单时，两位前辈来叫我一起吃饭。两位都比我早一年进公司，都是女性。说是昨天我替其中一位做的本该她负责的繁琐的报价单获得了相当大宗的订单，所以作为答谢，要请我吃饭。她还说，今天去的那家餐馆，两个人吃两份的话，菜量稍嫌大了一些，恰好木崎君吃得少，点两份就够三个人吃，很幸运不是？

“其实我吃得也不少。”

“是吗，看你这么瘦？”

“我一点也不瘦。”

“瞎——说。”

两个人哈哈大笑起来，也不知有什么好笑的。这些人精神头怎么这么大呀。相比之下，我确实显得清瘦了一些。

从事现在这份工作眼看快满三年了，工作效率却毫无提高，反倒是一年比一年神经质。记不清是第几次了，我把未来几个月的出票期限和台历进行比对、确认之后，又翻台历从头开始重新比对一遍，这让我有时为自己感到担忧。而且，也许是心理作用吧，我觉得和别人的相比，自己的台历一天天在变小。有人笑话我说“你有病啊”，我一边否认，一边却有一种预感在那儿闪闪烁烁，认为自己马上就能想起忘记做的什么事情，闹得心神不宁。

“木崎君，今天晚上没别的事吧？”

“没有啊。”

“飞田君他们聚餐，没叫你参加吗？”

“那是新员工聚餐，我都第三年了。”

“啊，是吗。木崎君工作一向认真哪。偶尔也麻利着点，早点干完，去轻松轻松嘛。”

“不好意思，我真的是做不完。”

“走——吧。发件明天早上再说吧。”

“就是，你这么拖拖拉拉的，多累呀。晚上别加班，早上早来点。”副支店长正巧经过，他用一捆小册子敲了一下我的脑袋，说道，“你的脸色可一直不好看哪。赶紧去吃饭，明天再发。”

“是……”

结果，我只做完最低限度的工作，就被她们推搡着离开了公司。

她们带我去的台湾饭馆，菜量的确很大。她俩很能吃，也很能说。语速飞快，我听不太清她们在聊什么。虽说是跟她们一起来吃饭，可我觉得我这个人的存在可有可无。

她们俩东拉西扯地聊着，差不多都是公司里的八卦，自然也聊到了飞田君。

“飞田君真够可爱的。和代一说话，脸就红一阵、青一阵、白一阵的。”

“没错，没错。人家女孩子得多为难哪。”

“根本没戏。忒可怜了。”

“不过，他好像是认真的，不管怎么说。”

我忍不住插了一句嘴，她俩居然无限感慨似的小声说道：

“是吗?”

“那就更可怜喽。”

突然没人说话了，我想要换个话题，可一时间想不起说什么好，就问她们知不知道村崎太太。

“你说谁?”

“就是打扫卫生的太太，头发紫色的……”

“噢，她呀。就是在厕所揪纸的那个人吧?”

“在厕所揪纸？就是她，她说想去巴黎呢。”

南瓜烩虾仁端了上来，她俩欢呼一声“哇，真香啊”，便大吃起来。

看样子，她们对于村崎太太也就知道这些了。难道说就连村崎太太那古怪的发型，对于她们来说，也只不过是进了视野又出了视野，仅此而已吗？吃着吃着，我感觉真的有些累了，又要了一杯啤酒后，就不怎么吭声了。

回家路上我在站前超市买了瓶水。每次喝了啤酒回来，我总是恍惚觉得住宅区那条通向公寓的小马路变成有一点坡度的上坡道了。夜晚使我感到心胸开阔，仿佛无论哪里都能去，可是还没等我想好该去哪里，我已经走到了回惯了的房门前。

我把装有水的塑料袋换到左手上，开始寻找月亮。见没出月亮，我换作仰望邻家的窗户。从雾气蒸腾的窗户里，飘出一股好闻的洗发香波的味道。

果不其然，昨天聚餐时，飞田君得知了代调职的事。也不知是想到要见不到人了才下决心的呢，还是趁着酒劲壮了胆，据说临回家时，他终于邀请代吃饭了。

“结果呢？”

“被拒绝了。”

“怎么拒绝的?”

“说是另外有约。”

“哦。”

“又问，那么，改天行吗？她回答说不想两个人单独去。”

“这样啊。”

“这就叫悲惨吧。”

“可能吧……”

飞田君变得萎靡不振了。我照例在屋顶上吃着过了点的午餐，一边开玩笑地拍了他脑袋一下，就像前几天副支店长拍我那样。飞田君保持着挨打的姿势，弓起上身，将脸贴向膝盖。从他的脊背上望过去，能看见小小的村崎太太正端坐在老地方。

“你干脆像那位太太那样打坐得了。”

他略微抬起头，朝村崎太太那边瞧了瞧，又垂了下去，连口气都没叹。他怎么会颓唐到这个地步，钻进牛角尖里为爱烦恼、为情所困呢？

“又不是只有代一个女孩子呀。不是还有岛野、沟江吗？当然了，代是长得好看，可你也应该多留意一下身边其他女孩啊。你得改变一下自己的眼光。”

我以为他会反驳什么，可他什么也没说。一静下来，只听得见飞在遥远的头顶上空的直升飞机的嗡嗡声。直到那声响听不见之后，飞田君才终于开了口：“代不是那些女孩中的一个。我就看是不是代，其他人对我来说没有男女之分。”声音出乎意料的镇定。

“你说什么？你就那么喜欢她呀？嘿……”

我对着正前方正在建设中的高层建筑说道，真不知该说什么好了。他没准在哭吧？我斜眼瞅他，正好和朝出口走的村崎太太对上了眼。我觉得有些尴尬，冲她微微一笑，指了指旁边平平的脊背。刚才她远远地稍感疑惑地瞧着脸埋在膝盖上的飞田君，现在，她迈开有些罗圈的腿走近过来。

“你好。请坐吧。”

我往左挪了挪，让村崎太太坐在了我和飞田君之间。好久没有这么近距离地瞧她了。在屋外的阳光下看她，果然感觉愈发怪异了，怎么说呢，妆化得太浓了。

“他怎么了？”

“嗯，他有点……”

“哭了？”

“被人甩了。”

“噢。看样子打击还不小呢。”飞田君那坐垫一般平平的后背一动不动，村崎太太盯着他的后背说道，“看来一下子缓不过来哪。”

我想，飞田君会感到如此受挫，不是因为遭她拒绝，也不是因为暂时见不到她了，而是因为意识到了某种距离的存在吧。

小学算术课上学过：有两条相同长度的线段，分别在它们的两端各画两个箭头，一条箭头朝外，一条箭头朝里。无论怎么看，箭头朝外的那条都显得长，而实际上这两条线的长度一厘米都不差。

知道原理的人，只会觉得“真是不可思议啊”，假如不知道，就会相信自己的感觉，无论谁怎么给他讲道理，他都听不进去的。

而线的长度始终是不变的。只要不去擦擦画画，它是不会自动伸缩的。

我猜想弓着背的他，一定是自以为受了欺骗，现在正在将四个箭头一会儿去掉一会儿互换地折腾，想要确认什么吧？从他到她的距离，和从她到他的距离？我无从知晓。

村崎太太闲闲地伸出戴戒指的手指戳了戳那背，问他：“你没事吧?”飞田君还是没有抬头。她说声“失礼”，抽起烟来，嘴里喷出的烟全部直冲我来了。

“那个……”我有些不乐意地说。

她困惑地看看我，却只应了一句“什么”。

我侧过身去躲烟，又看见了远处的高楼上透映着夕阳的窗。就连那太阳，一无所知的人看了，也会以为是在那扇窗户里头吧。而实际上，它是在我们几百年也走不到的、很远很远的地方啊。

下班后，我约飞田君去喝酒，可他还是跟闷葫芦似的。今天早上，由于宿醉，我走路晃晃悠悠的，于是去了一楼的咖啡屋。新来的女孩记住了我喝咖啡加奶不加糖的习惯，这让我心情感觉好了些。

今天也很忙，没时间去吃午餐。三点多，散发着柠檬味的村崎太太提着半透明的大垃圾袋，来收垃圾了。

“工作顺利吧。”大概也是因为有了昨天那个事的缘故吧，以往只是闷头干活的村崎太太开口跟我说话了，“那个男孩子，没事吧？”

“飞田君吗？嗯，大概吧。”

“这年头，少见哪。”

不等我回答，村崎太太就走了。只见她若无其事地转来转去，把纸篓都倒干净后，灵巧地将塞得满满的垃圾袋系好。和我在屋顶或水房见到的村崎太太相比，有些像换了一个人似的。

看她麻利地把手伸入工作人员腋下拿出纸篓的动作，翻转纸篓砰地拍一下篓底的动作，倒完放回原处不掉一点垃圾的动作，虽说还不至于精彩到让人停下手里的活，但感觉就是那么干脆利落，那么可靠。她说丈夫是开食品店的，不难想象村崎太太头包三角巾、围着白围裙在店里忙活的样子。不协调的还是她的头发，不过要包三角巾，所以也只会露出少许一点吧。为什么她不在自家的店里干活，非要一天到晚在别人的大楼里做保洁呢？

我听着电话那头的保持音，心里寻思着，马上就能去休息了，要不去楼下再喝一杯咖啡吧。视线下落，看见台历，正打算确认出票期限的时候，客户接起了电话。

我想在休息之前洗洗手，就去了水房，看见村崎太太一手拿着纸抹布在打手机。对方似乎半天没接电话，她一脸的不高兴。和我目光相接，她可能感到不好意思了，啪地合上手机，打扫起来。“辛苦了。”我打了声招呼，拧开水龙头。她在我旁边用总感觉像解释似的口吻说道：“真稀罕哪，女儿给我打电话来了。”

“啊，是吗。”

“她从来没有主动给我打过。”

“是吗。”

我用手帕擦着手，心里琢磨着咖啡和休息完之后该干什么。我说声“回头见”，正打算离开水房时，村崎太太突然说道：“今天，那个男孩子好像比昨天好点了吧。”

“你是说飞田君吗?”

“是啊。失恋了还照常工作，不容易啊。”

“那有什么奇怪的。”

“倒也是。”村崎太太不以为然地小声说着，用缠在手上的纸抹布擦起洗手池来。

“这种时候，要是我的话，就想想巴黎。”

“什么?”

“我心里难受的时候，就会想象巴黎的街道。像埃菲尔铁塔啦，从埃菲尔铁塔上看见的凯旋门啦，等等。还有什么森林啦，什么大教堂啦，对了，还有建在海里的城堡吧?我想象的就是这些……总之，距离咱们那么老远有那么美丽的地方，咱再怎么难过，那些地方也永远是美丽的，今天也一样。我就是这么想的。”

“然后你就不难过了?”

“也不是想要怎么样，不过，心里就舒服多了。顺便啊，我还想象自己是在巴黎出生的法国人呢。”

“法国人……”

“我总觉得法国人恐怕不会为这点事就不开心吧。就是感觉吧。总这么感觉。”

“哦，真的吗?”

“嗨，我就这么一说。”

村崎太太把手上缠的湿漉漉的纸抹布解开来，开始收拾喷雾式清洗剂和刷子之类。看来她没什么要说了，我说了声“走了”，转身朝电梯走去。

“等等，等等!”

听见叫唤，回头一看，只见村崎太太从水房里探出头来说：“前几天跟你说的那事——”

“前几天?”

“就是给我优惠点那事——”

“什么优惠点?”

“就是去巴黎的事，巴黎。”

“噢……”

“我想问问，去巴黎的话，具体多少钱能去啊?”

“怎么，你打算去吗?”

“说不好，想先打听打听。”

“回头我查查看。”

我刚要走，她显得有些不安地问：“从东京到巴黎，到底多少啊?”

“要求不高的话，用不了十万日元吧。”

“不是费用，是时间。”

“这个嘛，坐直航去的话，十二个小时左右吧。不过直航要贵一些。”

“是够远的啊。”村崎太太嘀咕道。她托着腮帮子作思考状，手指上还沾着一片纸抹布。

“是挺远的。”我应着进了电梯。

四点以后的咖啡屋里没什么客人。只有一位没来得及吃午饭的中年职员、一个拿文库本的学生模样的年轻人和一位穿大蕾丝领围套头衫的女士，三人各占一张单人桌，都低着头。

我要了三明治和咖啡后，靠着柜台等着。做三明治的是今天早上的那个女孩。

她动作利索地抹上麦淇淋，夹上生菜和火腿，放到盘子里递给我："您的火腿三明治。"她胸前戴着的埃菲尔铁塔吊坠亮闪闪的，今天早上没注意到。

"你喜欢巴黎?"我接过盘子，顺口问道。

"嗯?"女孩子一瞬间有些慌乱，但马上意识到了吊坠，微微一笑说，"啊，这个呀，是别人送的。"

她用手调整了一下吊坠的位置，让有些歪斜的埃菲尔铁塔正对自己的下巴。

"我没有去过。"

"我也没去过。"

"真想什么时候去看看。"

这话在哪儿听到过。

"你知道三楼有个旅行社吗？你想去的话，给你同楼优惠，便宜点。"

"同楼优惠？你是——要黑咖啡吧?"她笑着递给我一杯没加奶的咖啡。

"对，对，谢谢。"

我接了过来。坐在能看见电梯过道的窗边喝了一口咖啡后，我脑子里有一闪念：看来还得去拿一下牛奶。

三明治吃到一半的时候，看见离这边最近的电梯显示灯亮了。我盯着看，想瞧瞧有没有认识的人出来。电梯门打开的那一瞬间，就见还穿着奶油色工作服的村崎太太飞快地冲出来。她连瞅都没瞅一眼我所在的咖啡屋这边，便消失在了大楼的出口。跟在她后面慢悠悠走出来的几个穿西装的男人相视而笑。

事情发生在太短暂的一瞬间，我都没来得及吃惊。我反复回味着那一幕，吃完了三明治。

好久没见到这么奔跑的人了。她居然跑得那么快，这位村崎太太，说来说去说不定还相当年轻呢。

从第二天开始，好几天过去了，一直没有看见村崎太太，水房里、屋顶上都没有她的身影。

没有她的屋顶，感觉有些无聊。没什么可看。最近一直阴天，看对面大楼的窗户，也只看见一排排灰色的方框。

我朝村崎太太做完操经常打坐的地方望去。那是能俯瞰车站和高层建筑群的屋顶一角，离排成一条直线的长凳有一段距离。她每天都在那里想些什么呢？

“再也见不到她了。”旁边坐着的飞田君嚼着果酱面包说。

“什么？”

“再也见不到代了。”

“嗨，见不到就见不到了呗。”

“那可不成，我会觉得窝火的。”

“怎么了？”

“要是什么都没跟她说就好了。活着再也没什么乐趣了。”

“活着的乐趣嘛……”

“反正我现在，就盼着她赶快离开呢。”

“为什么?”

“一见到她，我就感到痛苦。”

“见不到就会忘了的。”

“那么容易吗?”

“也许不那么容易。”

话虽如此，一旦见不到了，那个人的外表和话语也就变得像单纯的记录了吧。尽管可以尽情地去想象，但是，光凭想象是制造不出人形来的。只能感觉唯有回忆越来越近、越来越亲密，实际的那个人却是越行越远。不过，或许这样就好。管它两点之间真正的距离呢，或许就那么标着箭头，任凭错觉支配就好。

“奇怪，说起来，最近老没见村崎太太了。”

飞田君撕扯着又一个面包的包装袋，扫视了一圈四周。

“是啊，没在。”

“辞工了吧?”

“大概吧。”

“所以说吧……”

他又没完没了地继续说了下去。刚刚还说盼着她赶快离开呢，这会儿又说起了代今后的发展，说起她即将调去的仙台的天气，说起本来要和她一起去吃饭的餐厅……

我从长凳上站起来，朝着村崎太太经常打坐的地方走去。回过头，看见飞田君一只手拿着吃了一半的面包，正一脸惊讶地望着我。

我在那里坐了下来。

在隔离网对面，在大厦与大厦间缝隙的更远处，那座灰色的小电视塔看起来小小的，别说，还真是有点像埃菲尔铁塔呢。

图书在版编目（CIP）数据

窗灯 /（日）青山七惠著；竺家荣译.
—上海：上海译文出版社，2009.6（2023.5 重印）
ISBN 978-7-5327-4771-9

Ⅰ. 窗… Ⅱ. ①青…②竺…
Ⅲ. 中篇小说—日本—现代 Ⅳ. I313.45

中国版本图书馆CIP数据核字（2009）第025895号

窗灯
窓の灯

〔日〕青山七惠 著
竺家荣 译

出版统筹 赵武平
责任编辑 沈洵澧 李建云
装帧设计 友 雅

图字：09—2008—452号

上海译文出版社有限公司出版、发行
网址：www.yiwen.com.cn
201101 上海市闵行区号景路159弄B座
浙江新华数码印务有限公司印刷

开本 787×1092 1/32 印张4.25 插页4 字数38,000
2009年6月第1版 2023年5月第3次印刷

ISBN 978-7-5327-4771-9/I·2658
定价：40.00元